MICHE

Contrat avec un milliardaire

Traduction française de
CATHERINE BENAZERAF

AZUR

HARLEQUIN

Collection : Azur

Titre original :
THE BILLIONAIRE'S CINDERELLA CONTRACT

HARPERCOLLINS FRANCE
83-85, boulevard Vincent-Auriol, 75646 PARIS CEDEX 13
Service Lectrices — Tél. : 01 45 82 47 47 - www.harlequin.fr
ISBN 978-2-2804-5681-4 — ISSN 0993-4448

Composé et édité par HarperCollins France. Achevé d'imprimer en juin 2021.
par CPI Black Print - Barcelone - Espagne
Dépôt légal : juillet 2021.

FSC www.fsc.org
MIXTE
Papier issu de sources responsables
FSC® C159065

Pour limiter l'empreinte environnementale de ses livres, HarperCollins France s'engage à n'utiliser que du papier fabriqué à partir de bois provenant de forêts gérées durablement et de manière responsable.

1.

Mia Caldwell leva les yeux vers le très quelconque immeuble londonien et vérifia l'adresse qu'on lui avait donnée. Elle n'avait jamais entendu parler du Club Giroud, mais la porte d'entrée à la peinture noire écaillée n'évoquait en rien l'opulence habituelle des clubs britanniques. L'adresse correspondait, cependant, et l'application sur son téléphone indiquait qu'elle était au bon endroit.

Elle appuya sur la sonnette puis attendit, s'efforçant de ne pas se laisser gagner par l'impatience.

La veille au soir, à l'issue de la représentation, elle était à peine entrée dans la loge partagée avec les autres comédiennes, qu'elle avait reçu un appel de son agent, pourtant des plus inefficaces. Phil n'aurait pu mieux tomber. Les représentations de *My Fair Lady* – Mia tenait le rôle principal d'Eliza Doolittle – n'allaient pas tarder à se terminer, et elle n'avait rien d'autre en vue. Aussi, elle ne voyait pas comment refuser l'audition proposée.

Elle avait désespérément besoin d'argent. La chaudière de son appartement émettait des bruits sinistres, l'humidité imprégnait les murs de sa salle de bains, et sa voiture ne passerait pas le prochain contrôle sans réparations onéreuses.

La porte noire s'ouvrit sur une montagne de muscles. L'homme la dévisageait d'un air fermé.

— Je suis bien au Club Giroud ? questionna Mia.

— Qui êtes-vous ? répliqua-t-il d'une voix de stentor.

— Mia Caldwell.

— Carte d'identité ?

En plus du fait que l'audition se tenait en un lieu improbable, Mia avait été surprise de devoir se munir de ses papiers d'identité. C'était tout à fait inattendu en la circonstance.

La montagne de muscles examina son permis de conduire avec la plus extrême attention, puis le lui rendit en émettant un grognement sourd, enfin il lança un très sec :

— Suivez-moi.

Un instant Mia hésita à pénétrer dans un hall d'entrée aussi miteux que la façade du bâtiment. L'homme la mena vers un escalier. À l'étage, ils s'enfilèrent dans un couloir le long duquel s'alignait une succession de portes. M. Muscles s'immobilisa devant l'une d'entre elles qu'il ouvrit en lui indiquant d'avancer.

Accrochant sur son visage le sourire rayonnant qu'elle réservait aux auditions, Mia obtempéra.

La pièce était de dimensions plutôt modestes, uniquement meublée de deux canapés de cuir sombre, séparés par une table basse. Un homme était assis, plongé dans la lecture d'un dossier. À la seconde où la porte se referma derrière Mia, il leva la tête, et leurs regards se rencontrèrent.

Elle sentit des picotements courir le long de son épine dorsale sous l'examen auquel l'individu la soumettait. Mais, avant qu'elle n'ait le temps de s'interroger sur la nature de son trouble, il se mit debout et vint à elle.

— Miss Caldwell ? dit-il en lui tendant la main. Je suis Damiàn Delgado. Ravi de faire votre connaissance.

Jamais Mia n'avait connu poignée de main aussi énergique.

— Moi de même, répliqua-t-elle dans un murmure.

Rares étaient les situations où Mia se sentait à ce point ébranlée, mais cet homme dégageait quelque chose qui mettait en éveil toutes ses terminaisons nerveuses.

Il était tout simplement sublime. Très grand, doté d'un physique athlétique, il était élégamment vêtu d'une impeccable chemise blanche, d'un pantalon bleu marine, et d'une cravate à rayures grises. Cependant, c'étaient surtout ses yeux qui captivaient l'attention. Mia avait l'impression de contempler deux éclats de la pierre obsidienne la plus noire. Une épaisse chevelure de jais, coupée en brosse, faisait ressortir les traits burinés d'un visage au nez droit, plutôt large, à la bouche généreuse. Tout cela était complété par une barbe impeccablement taillée en forme de bouc, d'un noir aussi intense que les cheveux et les pupilles.

Les effluves de son eau de toilette épicée auraient suffi à tourner la tête de n'importe quelle femme normalement constituée.

— Puis-je vous offrir à boire ? proposa-t-il.

Comme sa gorge était soudain devenue aussi sèche que le désert, Mia demanda un verre d'eau.

Son hôte se dirigea vers un meuble bar en lui lançant :

— Asseyez-vous, je vous en prie.

Redoutant que les effets combinés du physique de Damiàn Delgado et de sa voix grave ne la mettent en danger de s'évanouir, Mia prit place sur le canapé en face de celui qu'il avait occupé.

Un instant, elle savoura l'écho de ce timbre en parfait accord avec le regard d'obsidienne, aux sonorités profondes et chaudes. Et cet accent si musical ! Clairement le genre de voix que Mia aurait rêvé d'entendre lui raconter une histoire pour s'endormir.

— Venons-en à ce qui nous occupe, dit-il en ouvrant une bouteille d'eau minérale. Que savez-vous des raisons pour lesquelles vous êtes ici ?

Se concentrer demanda un effort à Mia. Pour un peu, elle se serait surprise à baver d'admiration. Elle se ressaisit.

— Je suis là pour une audition.

N'ayant rien à ajouter, elle s'absorba dans l'observation de son interlocuteur.

À vrai dire, Damiàn Delgado n'avait pas grand-chose de commun avec un directeur de théâtre. Quant à son patronyme, il ne lui évoquait rien. Ce n'était pas faute d'être au courant de tout ce qui concernait le monde du spectacle. Il était étrange qu'elle n'ait jamais entendu parler de lui.

Tout à coup, les doutes assaillirent Mia. Ce fut en plissant les paupières qu'elle s'étonna :

— Je ne crois pas que l'on m'ait précisé le nom de la compagnie…

— C'est parce qu'il n'y a *pas* de compagnie.

— Pardon ?

L'homme posa un verre devant elle et se réinstalla.

— L'audition n'était qu'un prétexte, déclara-t-il.

Se penchant vers Mia, il la fixa d'un regard dérangeant.

— En réalité, reprit-il, je souhaite embaucher une comédienne pour m'accompagner passer un week-end sur la propriété de ma famille, dans la principauté de Monte Cleure.

Tout en buvant, Mia ne cessait de dévisager l'homme en face d'elle. De quoi, diable, lui parlait-il ?

Elle n'avait jamais mis les pieds à Monte Cleure, minuscule principauté prise en sandwich entre la France et l'Italie, au bord de la Méditerranée. L'argent y coulait à flots, et il fallait une fortune considérable pour y résider.

— Si vous acceptez ma proposition, enchaîna Damiàn Delgado, je suis prêt à vous verser deux cent mille livres, en plus de couvrir toutes vos dépenses.

Bouche bée, Mia eut besoin de quelques secondes pour prendre toute la mesure de la somme annoncée. C'était dix fois ce qu'elle avait gagné au cours de l'année passée.

— Waouh ! souffla-t-elle. C'est beaucoup… Et qu'attendrez-vous de moi, en échange ?

— Globalement, vous aurez à faire semblant d'être follement amoureuse de moi.

À l'âge de vingt-quatre ans, Mia n'en était pas à son premier choc. Néanmoins, ce qu'elle venait d'entendre était si extravagant qu'elle avait du mal à comprendre. Si Damiàn Delgado n'avait pas affiché un tel sérieux, elle aurait cherché une caméra cachée. Est-ce qu'il la faisait marcher ?

— Désolée d'avoir l'air idiote, mais pourriez-vous répéter ? Si j'ai bien compris, vous avez l'intention de me payer grassement pour que je fasse semblant d'être votre copine, l'espace d'un week-end dans votre famille, c'est cela ?

— *Sì.* Quoique, dans mon monde, on ne parle pas de copine. Plutôt de fiancée, ou de compagne.

Sursautant, Mia retrouva ses esprits.

— *Compagne…* ? s'exclama-t-elle. Est-ce à dire que nous partagerions la même chambre ?

Un regard déterminé se planta dans le sien.

— Le même lit, également. Ma famille doit être persuadée que notre relation est sérieuse.

Mia sentit une vague de dégoût la submerger. Elle se leva.

— Vous vous trompez, fit-elle. Je ne suis pas escort-girl.

— Je sais parfaitement qui vous êtes, mademoiselle Caldwell.

Damiàn Delgado s'interrompit et contempla Mia avec un léger sourire qui fit courir un frisson glacé le long de son dos.

— C'est vraiment d'une actrice, dont j'ai besoin, reprit-il. Nos démonstrations d'adoration mutuelle se limiteront à la présence d'un public. En privé, notre relation restera strictement platonique.

Serrant son sac contre sa poitrine, Mia se rapprocha de la sortie.

— Il est hors de question que je partage le lit d'un étranger qui fait deux fois ma taille ! lança-t-elle. Trouvez-vous quelqu'un d'autre.

Avec un haussement d'épaules, Delgado joignit ses longs doigts devant lui.

— C'est *vous* que je veux, Miss Caldwell. Savez-vous qui je suis ?

S'adossant à la porte, Mia lui adressa un sourire tremblant.

— Je n'en ai pas la moindre idée et je m'en moque. Au revoir, monsieur Delgado.

— Avant de renoncer à une opportunité unique, vous feriez mieux de vous livrer à une petite recherche sur votre téléphone. Vous découvrirez que je suis en mesure de donner à votre carrière le coup d'accélérateur qui lui manque.

Cet homme était-il un riche mécène ? s'interrogea Mia en lâchant la poignée de porte.

Damiàn vit la curiosité et l'indécision se peindre sur le charmant visage.

— Allez-y, cherchez ! insista-t-il.

Il ne s'était pas donné autant de mal afin de trouver la candidate idéale, pour la voir rejeter son offre sur-le-champ. Le temps pressait. Dans moins de trois semaines, il serait évincé de l'entreprise familiale à laquelle il avait voué toute sa vie d'adulte, et sa réputation serait réduite à néant. Quant à l'entreprise elle-même, elle serait en grand danger de disparaître. Pour avoir la moindre chance de stopper le processus, Damiàn avait besoin d'aide. Il était fondamental que la ravissante comédienne accepte sa proposition.

Mia Caldwell bataillait pour vivre de son art depuis sa sortie de l'école de théâtre, trois ans plus tôt. La plupart du temps, elle se produisait dans des tournées provinciales au sein de petites compagnies. La supposer en attente du coup de chance qui relancerait sa carrière n'avait rien de déraisonnable.

Pour l'instant, elle fourrageait dans le sac à main le plus élimé que Damiàn eût jamais vu. Elle en tira un téléphone portable sur lequel elle braqua ses grands yeux bleus.

— Comment s'écrit votre nom ? s'enquit-elle.

Damiàn épela son patronyme et observa Mia tandis qu'elle faisait défiler sur l'écran la profusion d'informations que son nom ne pouvait manquer de faire surgir.

Ce n'était pas à la légère que Damiàn avait sélectionné Mia Caldwell. Il avait confié à son assistant la tâche de répertorier les plus jolies jeunes actrices londoniennes, les plus en manque de reconnaissance aussi. Elles se devaient, également, de présenter une particularité singulière, liée à leur histoire personnelle. Un dossier, regroupant quatre candidates, lui avait ensuite été remis.

Avec sa chevelure couleur de miel, et ses grands yeux

bleus pétillants d'intelligence, Mia avait tout de suite retenu son attention. Il suffisait de la regarder pour savoir qu'elle ne détonnerait nullement dans l'univers qui était celui de Damiàn.

Afin de prendre toute la mesure de son talent, il avait décidé d'aller la voir jouer. C'était en redoutant une soirée assommante qu'il avait pris place dans la plus petite salle de spectacle qu'il n'ait jamais fréquentée. À sa grande surprise, il avait été enthousiasmé par la représentation de *My Fair Lady*. Mia campait une petite vendeuse de fleurs tout à fait convaincante. Avant même la fin de la première partie, Damiàn était certain d'avoir mis la main sur sa propre Eliza Doolittle.

Ce à quoi il ne s'était pas attendu, c'était à la découvrir encore plus attirante que sur les photos qu'on lui avait montrées, lesquelles ne lui rendaient que très imparfaitement justice. Avec son visage à l'ovale classique, ses beaux yeux en amande, son nez droit, sa bouche généreuse et sa silhouette déliée, il ne lui manquait que quelques centimètres pour être apte à figurer dans un défilé de mode.

L'intelligence que ses portraits laissaient transparaître se confirmait lorsqu'on la rencontrait. Mia était belle et intelligente, mais sans le sou. Exactement ce dont il avait besoin. Le rôle qu'elle devrait tenir à son bras ne se limiterait pas à faire office d'objet décoratif.

— Allez-vous m'écouter, maintenant ? questionna-t-il une fois qu'il la jugea suffisamment informée.

De nouveau le beau regard bleu vint soutenir le sien. Damiàn y lut une totale stupéfaction. Mia hocha la tête.

— C'est parfait, reprit-il. Asseyez-vous et reprenons.

Le téléphone serré entre ses doigts, Mia obtempéra.

Certain d'avoir toute son attention, Damiàn enchaîna :

— Dans environ deux semaines, Céleste, ma mère, donne la grande fête annuelle par laquelle elle célèbre l'arrivée de l'été. Des centaines d'invités y sont conviés. Il est de tradition que la famille proche séjourne à la villa pour tout le week-end. Nous arriverons le vendredi et repartirons le dimanche pour retourner chacun à nos affaires. J'ai besoin que vous soyez à ma disposition jusqu'à la réception, afin que nous participions ensemble à quelques événements. De plus, cela nous donnera le temps nécessaire pour nous découvrir, et pour que je vous mette au courant de ce que j'attends de vous.

— Parce qu'il ne suffira pas que je joue les amoureuses transies ?

— Pas tout à fait. Mais je vous informerai plus avant lorsque nous nous serons mis d'accord.

Plissant les yeux, Mia lui lança un regard soupçonneux.

— Je ne serai pas tenue de faire quelque chose d'illégal, au moins ? interrogea-t-elle.

Eh bien, songea Damiàn, voilà qu'il allait pouvoir aborder cette « singularité » qu'il avait tenue à voir figurer dans le profil de celle qu'il serait susceptible d'embaucher.

— Rassurez-vous, il n'y a rien d'illégal dans mon projet, répondit-il. Cependant, votre casier judiciaire prouve que vous n'êtes pas du genre à être étouffée par les scrupules.

Toute couleur s'effaça du visage de Mia, aussi soudainement que si elle s'était vidée de son sang.

— Comment êtes-vous au courant ? lâcha-t-elle d'une voix blanche.

— Ma situation permet que rien ne m'échappe.

Les yeux de Mia s'arrondirent. Elle ouvrit puis ferma la bouche, sans que le moindre son ne franchisse ses lèvres.

— N'ayez crainte, mademoiselle Caldwell, je ne trahirai pas votre secret, ajouta Damiàn.

À ses yeux, le passé de la jeune femme n'avait d'importance que dans la mesure où il révélait un trait de caractère qui pouvait lui être utile. Pour l'opération que Damiàn avait en tête, il lui fallait l'assistance d'une personne dénuée de tout sens moral.

Toujours silencieuse, la jeune femme le fixait comme si elle avait vu un fantôme.

— La réception donnée par Céleste, reprit Damiàn, est un événement des plus prestigieux. Y paraître à mon bras vous placera indubitablement sur le devant de la scène. Quant à la somme que je suis disposé à vous payer, elle dépasse largement tout ce que vous pourriez espérer en vendant vos confidences aux journaux. Néanmoins, par mesure de sécurité, j'ai fait ajouter une clause de confidentialité au contrat que vous signerez. Précaution indispensable, car vous aurez connaissance d'informations dont la presse se régalerait.

C'était en lui opposant le plus parfait mutisme que Mia avait suivi son exposé. Elle demeurait figée, et n'avait même pas cillé, depuis qu'il avait mentionné ses antécédents.

Le temps pressait ; il fallait que Mia Caldwell se décide.

— Eh bien vous avez toutes les cartes en main, insista-t-il. J'ai besoin d'une réponse. Si c'est négatif, nos chemins se sépareront. Je ne vous ai révélé aucune information sensible. Et, pour ma part, loin de moi l'intention de vous nuire par des ragots de bas étage. Tout au moins, pas de mon plein gré.

Ce fut en entendant cette dernière remarque que Mia émergea de l'épais brouillard qui l'enveloppait.

Loin de moi l'intention de vous nuire par des ragots de bas étage. Pas de mon plein gré...

Seigneur ! S'agissait-il de *menaces* ?

Mia aurait voulu plaquer les mains sur ses oreilles, serrer les paupières, et s'extraire de ce cauchemar dans lequel elle s'était précipitée à son insu.

Pas de panique. Garde ton calme.

Ne pas paniquer ? Même si Mia ne doutait pas que le monde du spectacle fasse peu de cas de son passé, toute révélation à ce sujet affecterait les deux personnes qu'elle chérissait le plus au monde, et pour lesquelles elle n'avait pas hésité à se sacrifier.

Comme elle regrettait de ne pas avoir tourné les talons ! Au lieu de cela, elle avait bêtement pris le temps de rechercher qui était Damiàn Delgado. Ce qu'elle avait trouvé l'avait complètement ébahie.

À côté de cet homme, même Crésus semblerait miséreux.

C'était la curiosité qui avait poussé Mia à se rasseoir et l'écouter. Qu'est-ce qu'un individu tel que Damiàn Delgado pouvait bien avoir en tête en lui offrant une somme colossale pour la faire passer pour sa compagne ?

Mia se moquait bien du genre de coup de pouce qu'il prétendait donner à sa carrière. Elle n'avait que faire de pareille publicité. Elle aimait le théâtre, un point c'est tout ! Peu lui importait de se produire sur des scènes de province.

Lorsque son univers s'était effondré, c'était le théâtre qui l'avait sauvée. Jouer la comédie était la seule chose dans laquelle elle s'épanouissait. Tout ce qu'elle espérait, c'était finir par en vivre décemment.

— Quand vous faut-il une réponse ? questionna-t-elle en cherchant désespérément à gagner le temps nécessaire pour échafauder un plan de fuite.

— Immédiatement, mademoiselle Caldwell. Le contrat n'attend que nos signatures.

Les pupilles d'obsidienne soutenaient le regard de Mia. Le beau visage était figé en un masque imperturbable.

Le milliardaire avait dû déployer des trésors d'ingéniosité pour mettre la main sur son passage devant un tribunal. À l'époque, Mia était encore mineure, ce qui interdisait que son nom soit divulgué.

Elle le vit abaisser les yeux sur sa montre.

— L'heure tourne, mademoiselle Caldwell, dit-il. Donnez-moi votre réponse, ou bien…

— D'accord, d'accord, je signe, fit-elle nerveusement.

S'il fallait en passer par là pour être certaine que Damiàn Delgado ne révélerait pas son secret, Mia n'avait d'autre choix que de se soumettre. Tout ce qu'elle désirait, c'était que les fantômes de son passé y restent relégués. Elle n'osait imaginer les répercussions qui en découleraient pour sa famille si tel n'était pas le cas.

2.

Mia était occupée à mettre du rouge à lèvres, lorsqu'un coup frappé à la porte lui annonça l'arrivée de Damiàn. Elle serra les paupières et prit une profonde inspiration.

Une fois qu'elle s'était résolue à accepter cette folle proposition, le contrat lui avait été instantanément mis sous le nez. Et à peine l'avait-elle signé qu'une enveloppe d'argent liquide lui était remise, avec des instructions précises sur la tenue qu'elle devait se procurer pour leur premier « rendez-vous ». Puis, avec un bref signe de tête, Damiàn s'était excusé, la confiant à M. Muscles, lequel l'avait raccompagnée à la porte.

N'eût-elle été en possession de l'enveloppe confortablement garnie, Mia aurait pu croire avoir rêvé. Sauf que ce qu'elle venait de vivre n'avait rien d'un rêve, et tout d'un affreux cauchemar.

Ravalant son amertume, elle avait suivi à la lettre les consignes reçues. Dans une boutique – devant laquelle elle était souvent passée, sans jamais oser y entrer –, elle avait fait emplette de la tenue exigée, puis s'était empressée de rentrer chez elle. Le reste de sa journée avait été consacré à rechercher toutes les informations disponibles sur Damiàn.

Internet regorgeait d'articles sur la famille Delgado. À vrai dire, l'on n'y trouvait qu'allégations et hypothèses, car aucun des Delgado ne donnait jamais la moindre interview.

Le fait irréfutable, néanmoins, c'était leur considérable fortune. Quant à ce qui concernait Damiàn lui-même, les seuls éléments concrets que Mia avait trouvés, c'était qu'il était âgé de trente-six ans – deux ans de moins que son frère Emiliano –, et qu'il dirigeait la Banque Delgado, basée en Argentine. Diverses photos le montraient en compagnie de jeunes femmes, mais rien ne laissait supposer qu'il eût connu de relation de longue durée, ni qu'il ait des enfants. Depuis le décès de son père, six mois auparavant, c'était lui qui assurait la responsabilité du Groupe Delgado.

Tout ce que lisait Mia ne faisait qu'ajouter à ses appréhensions. Même l'apparition sur son relevé de compte du virement de la moitié des deux cent mille livres n'avait pas suffi à les atténuer.

Désormais, il était trop tard pour qu'elle fasse machine arrière. Il ne lui restait qu'à aborder les semaines à venir comme n'importe quel engagement. Elle serait la seule interprète d'un spectacle dont Damiàn serait tout à la fois le metteur en scène et l'auteur. Le marionnettiste ?

Dans quoi, diable, s'était-elle embarquée ? Et pourquoi ? Pourquoi avait-elle été choisie parmi les centaines de jeunes comédiennes se produisant sur les scènes londoniennes ?

Ce n'était là qu'un tout petit échantillon de la quantité de questions qui lui traversait l'esprit. Mais on frappait à nouveau. L'estomac noué, Mia alla ouvrir

Sur le seuil, Damiàn, vêtu d'un costume de velours noir et d'une chemise immaculée, tenait le plus énorme bouquet de roses que Mia eût jamais vu.

Leurs regards s'affrontèrent. Un ouragan d'émotions se déchaîna en Mia. Le cœur battant la chamade, le sang pulsant dans ses veines, elle dut se cramponner à la poignée pour ne pas se jeter sur lui, tel un chat sauvage toutes griffes dehors. C'était une réaction qui la mettait très mal à l'aise, car il ne lui était jamais arrivé d'éprouver des émotions aussi intensément primitives vis-à-vis de qui que ce soit.

Des prunelles d'un noir de jais se vrillèrent aux siennes.

— Pour toi, *mi vida*, dit-il en se penchant pour effleurer la joue de Mia.

Damiàn se recula, la détaillant de la tête aux pieds.

— Tu es splendide, déclara-t-il.

Mia fronçait déjà les sourcils qu'il ajouta :

— Oui, mieux vaut prendre l'habitude de se tutoyer. Cela semblera plus naturel aux gens qui pourraient nous entendre.

Préférant ne pas discuter, Mia lui prit le bouquet.

— Merci, fit-elle en tournant les talons.

Un picotement chatouillait sa joue, là où Damiàn avait déposé un fugace baiser, et elle était tout aussi étourdie par son eau de toilette que lors de leur rencontre.

— Je ne sais pas trop où les mettre, reprit-elle en regardant les fleurs.

Si elle s'était écoutée, la meilleure des solutions aurait été de les lui jeter au visage.

Une fois à la moitié du couloir, elle prit conscience que Damiàn était toujours planté sur le seuil.

— Vous…, pardon, *tu* n'entres pas ? lança-t-elle en se tournant vers lui.

Le sourire dont il la gratifia aurait suffi à fournir assez d'électricité pour éclairer le petit appartement. Lors de leur premier échange, Mia avait pourtant eu l'impression que cet homme n'avait jamais appris à sourire.

— Tu ne m'y as pas invité, répondit-il.

— Je ne pensais pas que ce soit nécessaire, rétorqua Mia sèchement. Mais, bon, fais comme chez toi.

— Une pointe de sarcasme ?

— Gagné !

Un sourcil couleur d'ébène prit la forme d'un accent circonflexe.

— Ce n'est pas un très bon démarrage pour une soirée censée voir notre amour s'épanouir, observa Damiàn.

— Je croyais que je n'étais tenue de jouer la passion amoureuse qu'en public.

Comment pouvait-il imaginer qu'elle se montre aimable quand il lui faisait subir un horrible chantage ?

Il avait beau être l'homme le plus sexy au monde, il semblait bien qu'il soit également le plus cruel. Car, sinon, il ne l'aurait pas menacée de révéler au grand jour ce qu'elle tenait tant à garder secret. Si Mia avait été la seule concernée, elle lui aurait dit d'aller se faire voir. Mais il lui fallait penser à sa sœur et à sa mère.

Plongée dans ses amères pensées, Mia emplit d'eau plusieurs grands verres pour y disposer les roses.

Embrassant du regard le décor, Damiàn se fit la réflexion qu'il ne s'était jamais trouvé dans un logement aussi minuscule. La totalité de l'appartement tiendrait aisément dans le salon de sa résidence de Buenos Aires.

Néanmoins, tout était d'une propreté impeccable et un parfum de linge fraîchement lavé flottait dans l'air. Il étudia le modeste ameublement. La plupart des éléments étaient passablement défraîchis, pourtant l'ensemble parvenait à créer une atmosphère accueillante et harmonieuse.

Mia revenait, portant deux grands verres pleins de fleurs.

— Tu ne possèdes pas de vase ? s'étonna Damiàn.

Elle fit non de la tête, posa l'un des verres sur le manteau de la fausse cheminée, l'autre sur la table.

— Es-tu prête ? s'enquit Damiàn. J'ai réservé pour 20 heures, et la circulation est épouvantable.

— Accorde-moi une minute, répondit Mia.

Cette fois, lorsqu'elle le rejoignit, elle avait enfilé de ravissantes sandales dorées, aux talons vertigineux, et elle s'était parfumée. De délicieux effluves fleuris vinrent caresser les narines de Damiàn.

Mia portait une robe blanche à fines bretelles. Une ceinture dorée en marquait la taille, et la jupe évasée dansait avec légèreté autour de ses mollets. Elle avait relevé ses cheveux en un chignon flou, d'où s'échappaient quelques mèches encadrant son ravissant visage maquillé avec art. Pour tout bijou, elle arborait une paire de créoles en or. Tout cela lui conférait une élégance discrète et raffinée.

— Eh bien ? lança-t-elle sèchement, les pommettes se colorant. Satisfait de voir que *ton* argent n'a pas été gaspillé ?

Longuement Damiàn laissa son regard s'attarder sur la jeune femme. C'était de son plein gré qu'elle avait accepté sa proposition. Pourquoi se conduisait-elle comme s'il lui avait extorqué son accord ?

— Tout à fait satisfait ! répliqua-t-il. À te voir, j'en viens à me demander si je te rémunère assez généreusement. Néanmoins, je ne doute pas que d'autres soient disposés à payer davantage pour un arrangement plus *intime*. Tu en rencontreras chez Céleste. La fortune te tend les bras !

Avant même que la rougeur belliqueuse montée aux joues de Mia n'ait le temps de se traduire en paroles, Damiàn se leva.

— Continuez à me provoquer, mademoiselle Caldwell, enchaîna-t-il en revenant à un vouvoiement davantage de circonstances, et vous comprendrez que je contre-attaque *immanquablement*.

Il s'interrompit pour lui tendre le bras et ajouta :

— Eh bien, *mi vida*, il est temps que tu effaces cette vilaine mimique de ta jolie frimousse et que tu fasses la preuve que tu es aussi bonne comédienne que je le pense.

Envahie par un vif sentiment d'humiliation, Mia ignora le bras tendu et gagna la porte d'entrée en claquant des talons. Avant d'ouvrir, elle prit le temps d'inspirer profondément pour se calmer et s'employa à changer de visage.

Son premier grand rôle, dans la troupe du lycée, avait été celui de Juliette face à un Roméo qu'elle détestait particulièrement. Le garçon était un abominable fanfaron. Convaincre l'auditoire qu'elle était follement amoureuse de lui restait sa meilleure performance sur scène. Si elle avait réussi à cette occasion, il n'y avait pas le moindre problème pour qu'elle renouvelle l'exploit aujourd'hui.

Lorsque Damiàn la rejoignit dans la minuscule entrée, Mia le gratifia d'un regard énamouré.

— Ah, te voilà ! susurra-t-elle en battant des cils. Pendant quelques affreuses secondes, j'ai eu peur que tu n'aies repris l'avion pour l'Argentine.

La bouche ferme eut une légère crispation, puis Damiàn inclina la tête.

— Je préfère ça, fit-il.

Ils sortirent dans la fraîcheur de la nuit, et elle prit garde à ne pas tressaillir lorsque Damiàn lui passa un bras autour de la taille. Ce fut en affichant la même mine extatique que Mia se laissa conduire jusqu'à la limousine.

Une fois qu'ils furent assis, Mia se tourna vers Damiàn avec toujours le même sourire enjôleur.

— Surtout, murmura-t-elle, ne t'avise pas de poser les mains sur moi lorsque nous sommes seuls.

Les yeux d'un noir d'encre se vrillèrent aux siens, et Damiàn approcha lentement la tête de son oreille.

— Tu n'as rien à craindre, souffla-t-il. Je prendrais plus facilement le risque de toucher de l'acide. La brûlure est certainement moins cruelle.

Quand le chauffeur les déposa, Mia retint un hoquet de surprise. Jamais au grand jamais elle n'aurait rêvé de dîner dans ce qui était l'un des meilleurs restaurants au monde.

— Ai-je le droit de m'extasier ? murmura-t-elle lorsque Damiàn vint se placer à côté d'elle.

— Surtout pas ! répliqua-t-il en l'entraînant à l'intérieur, un bras passé autour de sa taille.

Ils furent accueillis par le maître d'hôtel avec autant de déférence que si le Messie en personne était entré.

Avec une nonchalance blasée, Mia affecta ne pas être le moins du monde impressionnée par la somptuosité du décor. De même qu'elle retint une exclamation de saisissement lorsque son regard se posa sur une star hollywoodienne.

Curieusement, la salle était bien plus silencieuse que ce

à quoi l'on aurait pu s'attendre dans un lieu aussi fréquenté. L'acoustique était telle que les conversations environnantes n'étaient pas plus audibles qu'un bourdonnement discret.

Par mesure de précaution, Mia attendit qu'ils soient seuls pour se pencher vers Damiàn et demander à voix basse :

— Est-ce que nous pouvons parler librement ?

Damiàn leva les yeux du menu dans lequel il était plongé.

— Tout à fait, affirma-t-il.

— Alors, peut-être serait-il temps de me faire savoir exactement ce dans quoi je m'embarque ?

Mia fut privée de la réponse de Damiàn par la serveuse venue prendre leurs commandes. N'ayant rien avalé hormis son toast du matin – le désastreux entretien avec Damiàn, lui ayant coupé l'appétit –, Mia était morte de faim. De plus, c'était la première fois de sa vie qu'elle était en situation de commander sans penser à la dépense.

Ma foi, se dit-elle, puisque Damiàn se permettait de lui faire du chantage, elle pouvait bien profiter des avantages de la situation ! C'était peut-être la seule occasion qu'elle aurait jamais de dîner dans un restaurant étoilé.

Aussi choisit-elle les raviolis à la langouste en entrée, et le rôti de lotte en plat principal. Un choix qui ne pouvait sembler que divinement décadent à une abonnée aux conserves de thon en matière de poissons et fruits de mer.

— Alors ? relança-t-elle lorsqu'ils se retrouvèrent à nouveau seuls.

S'inclinant vers elle, Damiàn posa sa main sur la sienne. Décontenancée par ce geste inattendu, autant que par le bond que fit subitement son cœur, Mia eut toutes les peines du monde à ne pas retirer sa main.

Comme s'il avait perçu le combat qui faisait rage en elle, Damiàn murmura :

— N'oublie pas de garder une expression douce et aimante. Nous sommes étroitement surveillés.

Mia s'obligea à afficher aussitôt un sourire extatique.

— C'est mieux comme cela ? susurra-t-elle.

Acquiesçant de la tête, Damiàn lui retourna le sourire lumineux dont il avait le secret.

— Alors, reprit Mia, raconte-moi un peu ce qui m'attend. Je meurs de curiosité.

Avec la même nonchalance que s'il était en train de commenter la météo, Damiàn expliqua :

— Des documents essentiels pour moi sont cachés quelque part dans la villa de Céleste, et il est des plus urgents que je mette la main dessus. Tu vas m'aider à les trouver.

— Céleste ? Tu veux parler de ta mère ?

Il opina du chef.

— Quel genre de documents ? s'enquit-elle.

— Cela ne te concerne pas. Contente-toi de savoir qu'ils sont quelque part chez ma mère.

— C'est elle qui les y a dissimulés ?

— Non. Et je n'ai pas l'intention de t'en dire plus. Tout ce qu'il importe que tu saches, c'est que la villa est une véritable forteresse. C'est Céleste qui l'a fait construire après son mariage avec mon père. J'ai réussi à m'en procurer les plans et je dispose aussi de plusieurs enregistrements vidéo. Tu auras le temps nécessaire pour les étudier, afin d'être familiarisée avec la disposition des lieux.

— Pourquoi est-ce nécessaire ?

— Durant le week-end, la maison sera envahie par des légions de domestiques, indispensables à l'organisation. Cela jouera en ma faveur, parce que je pourrai aller et venir sans attirer l'attention. Néanmoins, je ne veux prendre aucun risque. Tu seras mes yeux et mes oreilles, tandis que je me livrerai à mes recherches.

L'arrivée des entrées qu'ils avaient commandées interrompit les explications de Damiàn. Intérieurement, Mia se réjouit d'avoir une excuse pour retirer sa main de sous la sienne. Il lui fallut résister à l'envie de la secouer pour se débarrasser de la sensation que la chaleur des longs doigts laissait sur sa peau.

Après quelques bouchées et une gorgée de vin, elle s'enquit :

— Si ce n'est pas ta mère qui a caché les documents, pourquoi ne te contentes-tu pas d'aller fouiller la villa ouvertement, sans te livrer à toute cette mascarade ?

— Parce que c'est impossible.

— Comment ça ? Tu ne peux pas rendre visite à ta mère ?

Le son qui s'échappa de la gorge de Damiàn aurait évoqué un éclat de rire s'il n'avait été aussi acerbe.

— Qu'est-ce que j'ai dit de drôle ? lança Mia.

— Tu comprendras quand tu rencontreras Céleste. Crois-moi, ce n'est pas le genre de femme chez qui l'on s'autorise une visite à l'improviste.

— C'est ce que je fais très souvent chez ma mère.

— Céleste n'est pas une mère ordinaire. Pour la voir, je prends rendez-vous par l'intermédiaire de son staff.

Se retenant de rester bouche bée, Mia murmura :

— On se croirait dans une série télévisée, ma parole !

Elle vit les doigts de Damiàn se crisper sur le manche de la fourchette, mais ce fut en se penchant avec la mine d'un homme amoureux, qu'il précisa :

— Ma vie est beaucoup moins drôle qu'une série télévisée. Et, si je ne mets pas la main sur ces fichus documents, elle le deviendra encore moins. Tout ce pour quoi j'ai travaillé durement depuis des années me sera arraché.

— Comment est-ce possible ?

— Cela ne te regarde pas.

— Bien sûr que si ! Comment puis-je être certaine que ces documents ne concernent pas quelque chose d'illégal ?

— Les actes délictueux sont ta spécialité, pas la mienne.

L'indignation qui submergea Mia devait être visible, car Damiàn s'empressa de lui prendre de nouveau la main et la serra presque à lui faire mal.

— Tu es amoureuse, Mia, souffla-t-il. N'oublie pas qu'on nous observe.

Ravalant ses émotions, elle posa le menton sur son autre main et le fixa d'un air d'adoration.

— Tu prétends que ce n'est pas ta spécialité, dit-elle, et pourtant tu n'as pas hésité à me faire chanter. C'est même la seule raison pour laquelle je suis là ce soir.

Damiàn se figea, plissant les paupières.

— Je n'ai rien fait de tel ! protesta-t-il.

Il vit la colère illuminer les beaux yeux bleus, mais ce fut d'une voix suave que Mia insista.

— Oh si ! C'est exactement ce que tu as fait.

— Non, *mi vida*. Pas du tout.

— Dois-je te rappeler tes propos ? Tu as dit que j'étais libre de partir, même si tu étais en mesure de causer ma perte. Si ce ne sont pas des menaces, ça ?

— C'est toi qui as interprété ainsi mes paroles.

— Tu as ajouté que si cela devait se produire, ce ne serait pas « de ton plein gré ». Ce qui signifie clairement que ce serait moi, *et moi seule*, qui serais responsable de ma perte en prenant la décision de partir.

Une bouffée de colère assaillit Damiàn, et il lutta pour la contenir. L'hostilité de Mia le rendait furieux. Le suspectait-elle vraiment d'avoir voulu faire pression sur elle ?

— Je te le répète, dit-il d'un ton ferme, c'est *toi* qui interprètes mes propos de la sorte. Si j'avais véritablement cherché à te soumettre à un chantage, je ne me serais pas donné la peine de te proposer un arrangement financier.

Les prunelles bleues, pleines de méfiance, restaient vrillées aux siennes. Néanmoins, sous l'éclat du soupçon, il percevait la braise qui y couvait, et cela faisait circuler de la lave en fusion dans ses veines. Dans l'espoir d'apaiser la fièvre de ses sens, il prit une gorgée de vin.

Mia se tapota les lèvres d'un coin de serviette, avant de lui décocher un sourire à faire fondre la banquise, sans pour autant que ne s'éteigne le brasier dans son regard.

— Alors, pourquoi avoir sélectionné une actrice encombrée d'un casier judiciaire ? questionna-t-elle.

Dios, la soirée ne se déroulait pas du tout comme il l'avait prévu, se lamenta intérieurement Damiàn. Mia contestait pied à pied les informations qu'il lui donnait.

— Comme je te l'ai déjà expliqué, *mi vida*, répondit-il, j'avais besoin d'embaucher une personne dépourvue de scrupules. J'ai supposé que ton passé me garantirait que tu sois celle-là. Il est possible que notre quête exige que nous ayons à fouiller des espaces privés, voire intimes.

L'éclair de colère qu'il vit briller dans les iris bleus réjouit Damiàn. Il accorda quelques secondes à Mia pour se ressaisir, puis il enchaîna :

— Ce n'était pas la seule de mes exigences. Je tenais à trouver une jeune femme qui s'intégrerait dans mon univers sans éveiller la méfiance de qui que ce soit. Il n'est qu'à te voir, ce soir, pour comprendre que tu as tout à fait le profil de l'emploi. De plus, tu es visiblement intelligente. La tâche que je te confie nécessite un esprit vif. À certains moments, tu devras faire preuve d'une capacité de décision autonome. Pour couronner le tout, il me fallait choisir une comédienne talentueuse, mais encore inconnue. Tu étais la seule à cocher toutes les cases.

L'éclat de rire de Mia aurait aisément donné l'impression d'être spontané, mais Damiàn ne pouvait ignorer l'amertume qui s'y cachait.

— Et qu'est-ce qui te permet de miser sur mon talent ? s'enquit-elle.

— Je t'ai vue jouer, hier soir.

— Tu étais dans la salle ?

— Il fallait bien que je m'assure de tes qualités d'actrice.

S'interrompant, Damiàn posa de nouveau une main sur celle de Mia, et ce fut d'un ton doucereux qu'il ajouta :

— C'est en te voyant sur scène, que je suis tombé follement amoureux, *mi vida*. Ne l'oublie pas.

La mine incrédule, Mia secoua la tête.

— C'est *toi*, qui devrais faire du théâtre, dit-elle.

Damiàn lui sourit.

— Crois-moi, fit-il, le week-end chez ma mère nécessite que nous soyons aussi bons comédiens l'un que l'autre.

3.

Dès qu'ils se retrouvèrent dans la limousine, Mia glissa à l'extrémité de la banquette pour être aussi loin de Damiàn que possible.

Elle appuya la joue contre la vitre dans l'espoir de se rafraîchir. Si seulement son cerveau saturé d'émotions parvenait à se fixer sur autre chose que Damiàn !

Curieusement, les interrogations tournant en boucle dans son esprit concernaient l'indifférence que cet homme manifestait à l'égard de sa propre famille.

Qui, donc, appelait sa mère par son prénom ? Et quelle mère exigeait que ses enfants prennent rendez-vous pour la voir ?

Il ne se passait pas un seul jour sans que Mia ne parle à la sienne au téléphone. Et elles se voyaient au moins une fois par semaine. Si elle ne retrouvait pas plus souvent Amy, sa sœur, c'était tout simplement parce que leurs horaires de travail ne le leur permettaient pas. Mais elles s'appelaient fréquemment, tout comme elles s'envoyaient d'innombrables messages quotidiennement.

Leurs relations, à toutes les trois, n'avaient pas toujours été au beau fixe, pourtant. Le décès subit de leur père, presque dix années plus tôt, avait eu l'effet d'une bombe sur la famille. Pendant un certain temps, Mia avait même redouté que les blessures causées par ce cataclysme ne se referment jamais. Aujourd'hui, elle-même, Amy et leur mère constituaient une cellule familiale étroitement soudée. Tout ce que Mia espérait, c'était que son nouveau *job* ne bouleverserait pas un équilibre chèrement acquis.

Soudain, une idée lui traversa l'esprit. Peut-être avait-elle encore un espoir de se sortir de ce guêpier…

— Damiàn… ? fit-elle.

C'était la première fois qu'elle l'appelait par son prénom, et cela avait quelque chose de presque aussi étrange que tous les événements de cette journée.

— Tu as dit que tu m'avais choisie parmi une liste d'autres candidates… Pourquoi ne ferais-tu pas appel à l'une d'entre elles pour me remplacer ? J'ai accepté ta proposition uniquement parce que j'étais persuadée d'être l'objet d'un chantage de ta part. Tu dis qu'il n'en est rien. Alors…

— C'est trop tard, l'interrompit sèchement Damiàn.

— Tu peux être certaine que je ne dirai rien, plaida Mia. Je rendrai l'argent. Je suis prête à signer tout ce que tu voudras.

Peu lui importait de supplier, si elle avait gain de cause.

— Je te dis qu'il est trop tard, insista Damiàn. On nous a vus.

— Une fois, seulement !

— Fais-moi confiance, *mi vida*. Je n'aurais aucune objection à te remplacer par une autre, sauf que la nouvelle de notre histoire d'amour est déjà en train de se répandre. Tous mes mouvements sont suivis de près. De plus, mes communications sont surveillées.

— Par qui ?

— Par Emiliano, mon frère.

Sous le choc, Mia fixa sur Damiàn un regard écarquillé. Mâchoires crispées, il affichait une expression où se lisait clairement sa colère. Curieusement, il semblait la diriger contre lui. À croire que cette information lui avait involontairement échappé. Pour la première fois, Mia éprouva un pincement au cœur de compassion.

— *Ton frère ?* souffla-t-elle. C'est lui qui est derrière tout ça ?

La seule réponse de Damiàn fut un long silence, qu'il ne rompit que lorsque la voiture s'arrêta en bas de chez Mia.

— Demain soir, nous dînerons chez moi, fit-il. Mon chauffeur passera te chercher à 19 heures.

L'arrogance avec laquelle cet homme disposait de son temps fit s'évanouir en Mia toute capacité d'apitoiement.

— Impossible, répliqua-t-elle. Je joue, demain soir.

— Je m'envole pour Buenos Aires mercredi. Je tiens à te revoir avant. Fais-toi remplacer par ta doublure.

— Je n'en ai pas. Et il me reste huit représentations à assurer, auxquelles je refuse de me soustraire. Tu m'avais demandé d'être disponible la semaine prochaine. Inutile de me mettre la pression !

Elle vit les pupilles de Damiàn s'étrécir jusqu'à n'être plus que deux minuscules éclats d'obsidienne.

— Je viendrai te chercher à la sortie du théâtre, dit-il d'un ton sec. Prévois un sac avec des affaires pour la nuit.

— Il est hors de question que je dorme chez toi !

Un souffle d'air frais fit comprendre à Mia que le chauffeur lui ouvrait la portière. Mais, avant qu'elle ne puisse quitter le véhicule, de longs doigts vinrent enserrer son poignet. Damiàn approcha son visage à quelques centimètres du sien. Suffisamment près pour que les effluves exotiques de son eau de toilette saturent l'air qu'elle respirait, faisant s'emballer son pouls.

— Tu n'as pas d'autre option que de passer la soirée avec moi, *mi vida*, dit-il à voix basse. Dans *mon* appartement. Et tu y séjourneras toute la semaine prochaine. C'est ce qui est inscrit dans ton contrat. Je te rémunère grassement pour une tâche dont j'entends que tu t'acquittes au mieux. Compris ?

Déglutissant avec peine, consciente que le chauffeur attendait et ne se privait certainement pas d'écouter, Mia retourna son sourire à Damiàn et approcha la bouche de son oreille pour y murmurer :

— Lâche-moi immédiatement, ou je hurle.

Elle n'avait pas eu la moindre intention de le toucher, mais son nez effleura le lobe de Damiàn, ce qui provoqua en elle une véritable décharge électrique. Effrayée par la violence de sa réaction, Mia se recula brusquement.

Un frémissement fit palpiter les narines de Damiàn, et

il la foudroya du regard. Il desserra en partie son emprise sur le poignet de Mia, puis il inclina la tête pour approcher à son tour la bouche de son oreille. Mia sentit son estomac accomplir un curieux saut périlleux.

— Les seuls cris qu'un homme a envie d'entendre d'une femme, susurra-t-il, sont ceux du plaisir. Sauf dans ton cas. Ce dont on a plutôt envie, c'est de bâillonner ta jolie bouche.

Le souffle chaud de Damiàn s'attardait sur sa joue, et Mia ne réalisa pas immédiatement qu'il l'avait lâchée. Il s'était reculé sur la banquette la contemplant avec l'expression satisfaite de celui qui a rivé son clou à l'adversaire.

— Bonne nuit, *mi vida*, fit-il. Je vais rêver de toi.

Une nouvelle fois, leurs regards s'affrontèrent. Un orage de feu et de glace se déchaîna entre eux. Mia n'avait jamais connu pareille sensation d'un courant électrique pulsant entre elle et un homme.

Son instinct ne pouvait la tromper : le danger menaçait.

— J'espère que tu ne feras pas de cauchemars, dit-elle de sa voix la plus douce, avant de bondir hors de la voiture.

Elle remercia le chauffeur et fit de son mieux pour ne pas courir vers le sanctuaire que lui offrait son appartement.

Le sourire de Damiàn s'évanouit, aussitôt qu'il vit Mia s'engouffrer dans l'immeuble décrépit abritant ce qu'elle appelait son chez-elle. Il frappa à la vitre le séparant de son chauffeur pour lui signifier qu'il pouvait démarrer, puis se laissa aller contre le dossier en fermant les yeux. Les battements de son cœur étaient tellement violents que cela en était presque douloureux.

Il aurait pu compter sur les doigts d'une seule main les erreurs qu'il avait commises dans sa vie. La plus dramatique avait été de convaincre son père de confier de grosses responsabilités dans l'affaire familiale à son frère, Emiliano, au prétexte qu'il était son aîné de deux ans. Cette bévue avait coûté à Damiàn et son père une bonne partie de leurs fortunes personnelles.

Mais, à cet instant même, le poids qu'il sentait peser sur son estomac lui suggérait qu'avoir embauché Mia Caldwell pouvait se révéler une méprise encore plus fatale.

Cela faisait à peine un jour qu'il la connaissait, et jamais il ne s'était trouvé confronté à personne qui ose le pousser dans ses retranchements comme elle le faisait. Dans le monde dans lequel il gravitait, les gens se pliaient docilement à la moindre de ses requêtes.

Certes, au restaurant Mia s'était acquittée de son rôle à la perfection. Néanmoins, il était clair qu'elle n'avait pas la moindre intention de faire preuve de docilité lorsqu'ils se retrouvaient en tête à tête. Elle affichait ostensiblement le mépris qu'elle éprouvait pour lui. De toute évidence, Mia était dotée d'un fort tempérament.

Ceci n'était pas véritablement un problème, tant qu'elle mettait tout son talent à remplir le rôle pour lequel il l'avait engagée.

Non, le réel problème était l'indéniable attraction que Damiàn éprouvait pour elle. Il n'avait pas anticipé pareille difficulté lorsque, en désespoir de cause, il avait pris la décision d'avoir recours à une comédienne.

Et pourquoi, diable, avait-il lâché que la personne avec laquelle il était aux prises était son propre frère ? C'était sans même y prendre garde qu'il avait spontanément répondu à la question de Mia.

Depuis sa plus tendre enfance, Damiàn avait été formé à l'idée que les émotions n'avaient leur place que dans la sphère privée, jamais dans celle des affaires. À l'âge de trente-six ans, il n'avait jamais eu de difficulté à tracer une frontière infranchissable entre travail et vie amoureuse. De même que son père, il avait toujours fait passer les affaires avant tout autre chose.

Or, ne voilà-t-il pas qu'au moment où il avait le plus besoin de conserver sa légendaire concentration, alors même que sa fortune et sa position sociale étaient en jeu, il se surprenait à être obsédé par la femme dont dépendait en partie son avenir.

Chacune des paroles échangées entre eux était chargée d'une tension qui allumait dans ses reins une fièvre inconfortable.

Il aurait tant aimé mettre un terme à leur accord, comme Mia le proposait ! Sauf qu'il n'avait pas menti en disant qu'il était trop tard pour faire marche arrière. Sa famille ne tarderait pas à être informée qu'il était amoureux. On le savait difficile dans le choix de ses conquêtes, aussi trouverait-on étrange qu'il abandonne celle avec qui l'on venait de le voir pour sortir immédiatement avec une autre.

Parmi les écueils qui allaient se dresser sur sa route au cours des semaines à venir, il en était un de taille : la cohabitation forcée avec Mia.

Le public de cette représentation s'était montré particulièrement enthousiaste, pourtant il fallut que Mia fasse appel à tout son talent pour sourire au moment des rappels. Car à la fin de la chanson, *J'aurais voulu danser*, elle avait soudain repéré l'imposante silhouette à l'extrémité de la troisième rangée. Son cœur avait bondi dans sa poitrine, et elle avait lâché la chemise de nuit qu'elle faisait virevolter. Réussir à la ramasser et continuer à chanter sans que le public ne s'aperçoive de rien, avait tenu du miracle.

Elle se hâta de quitter le plateau dès que cela fut possible.

Dans la loge, les bavardages bruyants des autres comédiennes ne lui parvenaient que comme un brouhaha distant. Elle se contentait de répondre par un signe de tête quand l'une ou l'autre de ses camarades s'adressait à elle.

Un coup énergique frappé à la porte fit de nouveau bondir son cœur. Elle n'avait pas le moindre doute quant à son auteur. Tandis qu'elle s'empressait d'enfiler son corsage, Nicole – qui tenait le rôle de Mrs Higgins – alla ouvrir tout en poursuivant sa conversation avec ses partenaires. Elle s'interrompit brutalement, et Mia aurait pu jurer l'avoir entendue émettre un petit sifflement.

— Eh bien, fit-elle, en quoi pouvons-nous vous être utiles ?

Mia serra les paupières lorsque la voix grave de Damiàn résonna dans la pièce, tout à coup plongée dans le silence.

— Je viens chercher Mia, dit-il.

Dans son dos elle entendit quelqu'un murmurer :

— Il y en a qui ont de la chance !

Empoignant son sac de voyage, Mia accrocha un sourire à ses lèvres et pivota sur ses talons. À la porte, Damiàn, en polo bleu marine et jean noir, sa chevelure de jais impeccablement coiffée, la regardait fixement. Ce qu'il attendait d'elle était parfaitement clair.

— *Damiàn !* s'exclama-t-elle en se précipitant vers lui. C'est formidable que tu aies pu venir !

Le sourire qu'il lui décocha aurait suffi à illuminer la tour Eiffel. Mais, avant que Mia n'ait le temps d'en vérifier l'effet sur ses partenaires, Damiàn l'avait attrapée par la taille et s'emparait de ses lèvres en un baiser qui réussissait l'exploit d'être à la fois fugace et impérieux.

— Je n'aurais manqué ça pour rien au monde, *mi vida* ! dit-il lorsqu'il s'écarta.

Interloquée par cette soudaine familiarité, autant que par la décharge de volupté courant dans ses veines, Mia fut incapable d'autre chose que de planter son regard dans celui de Damiàn, priant pour que ses jambes ne cèdent sous elle.

Impressionné de voir les pommettes de la jeune femme se colorer de rose, Damiàn s'extasia intérieurement devant son talent de comédienne. Les partenaires de Mia demeuraient bouche bée, aussi lui prit-il la main, déclarant à la ronde :

— J'espère que vous ne m'en voudrez pas, mesdames, de vous enlever Mia, mais c'est ma dernière soirée en Angleterre, et nous avons l'intention d'en profiter.

Quelques secondes plus tard, toujours main dans la main,

ils quittèrent le théâtre par l'entrée des artistes et s'engouffrèrent dans la limousine. À peine le chauffeur eut-il refermé la portière que Mia arracha sa main à celle de Damiàn.

— Non, mais à quoi joues-tu ? siffla-t-elle entre ses dents.

— Je t'avais dit que je viendrais te chercher après la représentation.

— Je pensais que tu enverrais ton chauffeur. Tu ne m'avais pas précisé que tu assisterais au spectacle.

— Ma présence t'aurait-elle dérangée ?

— Pas le moins du monde. Je ne t'ai même pas remarqué.

— Mais bien sûr, Pinocchio !

Damiàn n'avait pas manqué l'instant où Mia avait laissé tomber la chemise de nuit lorsqu'elle l'avait repéré. Il avait senti tous ses muscles se contracter à constater l'effet qu'il avait sur elle.

Les grands yeux bleus s'élargirent.

— Et qu'est-ce qu'il t'a pris de m'embrasser comme cela ? lança Mia. Je t'interdis de recommencer !

Sans perdre son calme, Damiàn la contempla un long moment, puis déclara :

— Tu as l'air d'oublier ce pour quoi je te paye, *mi vida*. Pour me manifester ton affection *en public*, justement. Ne me dis pas que tu refuses d'embrasser ton partenaire si le rôle l'exige. Donc, tu vas devoir t'habituer à ce que nous nous embrassions en public.

— Ne t'avise pas de poser un seul doigt sur moi lorsque nous serons seuls, sinon…

Mia ne termina pas sa phrase.

— Remets-toi, déclara Damiàn d'un ton narquois. Ce baiser ne voulait rien dire.

Il aurait détesté qu'elle se rende compte de l'émoi qu'il avait ressenti en le lui donnant. Fort heureusement, son légendaire self-control ne l'avait pas abandonné, et Damiàn était parvenu à empêcher ce trouble inopportun de se propager à des endroits plus intimes de son anatomie.

— Quoi qu'il en soit, enchaîna-t-il, nous allons être

contraints de nous supporter pour les quelques semaines à venir. Donc, tu ferais mieux de prendre sur toi et de te comporter de manière un peu plus adulte.

Damiàn savait qu'il ne pouvait se permettre d'être distrait d'une manière ou d'une autre de son objectif. La dernière chose dont il avait besoin, c'était d'être troublé par Mia Caldwell.

4.

Ce ne fut guère une surprise pour Mia de découvrir l'endroit où Damiàn résidait. Le quartier de Canary Wharf, en bordure de Tamise, mêlait les tours les plus modernes, aux bâtiments industriels transformés en bureaux et appartements de luxe, le tout surplombant les yachts ancrés sur le fleuve. C'était au dernier étage de l'un des plus hauts gratte-ciel que se trouvait le penthouse du milliardaire.

Ni le quartier ni l'appartement n'auraient pu être plus différents de ce qu'elle-même connaissait. À tel point qu'elle pouffa en pénétrant dans la place.

— Qu'est-ce qu'il y a de drôle ? questionna Damiàn.

— Rien, répondit Mia en fourrageant dans son sac. Je pensais juste à mon petit studio…

Le gigantisme du lieu laissait stupéfait, de même que la vue sublime sur la Tamise à travers les immenses baies vitrées. Tout était d'un blanc étincelant, depuis les murs jusqu'au mobilier hyper moderne, et seul le parquet en chêne apportait une note de chaleur. Deux canapés de cuir blanc encadraient une table basse en verre, et un écran démesuré était accroché au mur. Une table de salle à manger, également en verre, et huit chaises occupaient l'autre extrémité de la pièce.

— C'est juste un pied-à-terre quand je séjourne à Londres, expliqua Damiàn en ouvrant son ordinateur portable. Ma véritable résidence se trouve à Buenos Aires. Mais, excuse-moi un instant, je dois procéder à un contrôle de sécurité, pour vérifier que personne n'ait tenté de s'introduire ici…

Mia avait sorti le téléphone de son sac et elle cliqua sur

quelques touches. Puis elle leva la tête et adressa à Damiàn un sourire radieux.

— La géolocalisation de mon téléphone est activée, dit-elle. Et je viens d'envoyer ton adresse à ma sœur. Comme ça, si la police retrouve mon corps dans la Tamise, on saura chez qui j'étais.

Les mâchoires de Damiàn se crispèrent avec une telle force que Mia redouta presque qu'elles ne se brisent.

— Que lui as-tu dit ? s'enquit-il.

— Oh ! seulement que j'ai rencontré quelqu'un. Je pensais que tu tenais à ce que tout le monde nous croie amoureux, répondit-elle en battant des cils.

Manifestement, Damiàn ne trouva pas cela amusant.

— La clause de confidentialité s'étend à ta sœur, répliqua-t-il d'un ton sec.

Réitérant ses battements de cils, Mia le gratifia d'une œillade assassine.

— Je sais, fit-elle. Tu fais de moi une fieffée menteuse.

Le sourire que cette remarque arracha à Damiàn, n'avait rien de bienveillant.

— Eh bien, dit-il, nous pourrons ajouter cela à la liste de tes nombreuses qualités.

Puis il se tourna vers son ordinateur.

Redoutant de céder à l'envie de le lui refermer sur les doigts, Mia préféra explorer les lieux. De l'autre côté d'une cloison, elle découvrit la cuisine la plus immaculée qu'il lui eût jamais été donné de voir. Sans surprise, l'endroit était plus fonctionnel que beau. Le seul objet visible était une machine à café dont le coût devait excéder les remboursements mensuels de son prêt immobilier.

Mia se tourna vers Damiàn.

— Même si tu n'habites ici qu'une partie du temps, l'endroit ressemble étonnamment à un appartement témoin, observa-t-elle.

— Ce n'est qu'une sorte de camp de base. Mes bureaux sont situés dans la tour en face.

Le profond soupir que Mia laissa échapper singeait la déception.

— J'aurais imaginé qu'un homme aussi fortuné que Damiàn Delgado serait assisté d'un nombreux personnel, dit-elle. Où sont,donc tes domestiques ?

— Le concierge de l'immeuble m'en fournit si nécessaire.

— Est-ce que tu m'autorises à fureter dans les placards ? lança-t-elle.

— Si cela peut te faire taire, tu as ma bénédiction !

Malgré tout, Damiàn ne semblait pas complètement tranquille et il suivit Mia dans la cuisine, posant son ordinateur sur un plan de travail.

— Qu'est-ce qui motive une telle curiosité ? dit-il en la regardant ouvrir une première porte.

— Je me demandais juste à quoi ressemble la vaisselle d'un magnat des affaires.

Constatant que le placard était vide, Mia en ouvrit un autre, lequel l'était tout autant.

— Mais, tu n'as aucune provision ? s'étonna-t-elle.

— Et toi, tu es toujours aussi fouineuse ?

— Considérerais-tu l'exploration de ton environnement minimaliste comme une transgression des règles de confidentialité ?

Le regard de Damiàn se fit songeur.

— Est-ce que tu fais preuve de ce goût de chicaner avec tout le monde, ou seulement avec moi ? interrogea-t-il.

— Tu te poses vraiment la question ?

— Écoute, je te rémunère grassement pour faire la même chose que sur une scène de théâtre. Ce faisant, je te garantis une publicité inespérée. Alors, je vois mal pourquoi tu continues à te comporter avec moi comme si j'étais le diable incarné.

Mia venait d'ouvrir un énième placard et, cette fois, il contenait des bols et des assiettes. Blancs, évidemment !

— Eh bien…, fit-elle en se tournant vers Damiàn, ce que je ne vois pas, *moi,* c'est pourquoi cela t'étonne. J'ai accepté ce rôle uniquement parce que je pensais que tu avais l'intention de me faire chanter, et pourtant tu refuses que je mette un terme à notre… *arrangement*.

Damiàn haussa un sourcil.

— Parce que tu voudrais me faire avaler que tu serais prête à renoncer à tout cet argent ?

— J'ai proposé de te le rendre. Si tu ne me crois pas, c'est ton problème ! Je me fiche éperdument de ce que tu penses de moi. Bon, qu'est-ce qu'il y a à boire dans ce désert ?

— Depuis quand n'as-tu rien mangé ?

— J'ai avalé un sandwich, avant la représentation.

— Alors, je vais commander quelque chose. Ce n'est pas une bonne idée de boire l'estomac vide.

— Voilà que tu joues les mères poules, maintenant ?

Damiàn referma son ordinateur en poussant un grand soupir. Depuis l'instant où ils étaient entrés dans son appartement, il avait senti Mia vibrer d'une énergie fiévreuse.

— Est-ce que tu as pris une drogue quelconque ? s'enquit-il

Mia le fusilla du regard.

— Bien sûr que non !

— Tu en es sûre ?

Rien, dans les rapports qui lui avaient été faits sur le compte de la jeune comédienne, ne laissait à penser qu'elle s'adonnait encore à la consommation de stupéfiants. Du coup, Damiàn avait choisi de lui accorder le bénéfice du doute. Néanmoins, pour ce qui était peut-être la centième fois, il se demanda s'il n'avait pas commis l'erreur du siècle en l'embauchant.

— Je ne me drogue pas.

— Tu ne peux pourtant pas nier que cela te soit arrivé.

Des éclairs identiques à ceux qu'il y avait vus lorsqu'il avait fait état du passé de Mia, illuminèrent les prunelles bleues. Damiàn la scruta intensément. Il côtoyait suffisamment de gens qui avaient recours à la cocaïne afin de soulager les tensions d'une carrière dans la haute finance, pour reconnaître quelqu'un qui faisait usage de pareilles substances. Les yeux de Mia brillaient étrangement, et ses joues étaient enflammées. Cependant, ses pupilles n'étaient pas dilatées.

— C'est juste que tu as l'air survoltée, expliqua-t-il.

Mia s'adossa à un plan de travail.

— Pas du tout. Je suis simplement nerveuse. Ça t'étonne ?

— Tu as peur de moi ?

Soutenant son regard, Mia demeura immobile pendant quelques secondes. Son visage s'assombrit. Puis elle baissa la tête et lâcha d'une voix sourde :

— Comment ne serais-je pas effrayée ?

Tout à coup, Damiàn comprit pourquoi elle s'obstinait à le provoquer. Se pinçant l'arête du nez entre deux doigts, il ravala le sentiment de culpabilité qu'il sentait monter.

Comment n'avait-il pas envisagé que Mia puisse se sentir menacée, seule avec lui, en territoire inconnu ? Il était doté d'un physique impressionnant et il demeurait un parfait inconnu à ses yeux.

Damiàn n'aurait pour rien au monde abusé d'une femme sans défense, mais Mia était-elle censée le savoir ? Il avait beau éprouver pour elle une réelle attraction – réciproque, il en était presque certain –, il ne lui serait jamais venu à l'idée de la contraindre. Plutôt mourir !

— Mia, regarde-moi, fit-il.

Lentement, à contrecœur, elle leva les yeux vers lui.

— Je t'ai donné ma parole, reprit-il, que notre relation demeurerait absolument platonique. Tu peux te sentir en totale sécurité avec moi. Compris ?

Il vit un éclair indéchiffrable passer dans les beaux yeux, mais il s'effaça avant qu'il n'ait eu le temps de l'analyser.

— Ici, tu dormiras dans la chambre d'amis, enchaîna-t-il. Nous ne partagerons la mienne que lorsque nous serons à Monte Cleure. Et je n'ai aucune objection à ce que tu te munisses d'une ceinture de chasteté.

Un sourire fugace flotta sur les lèvres de Mia.

— Est-ce que tu as faim ? ajouta-t-il.

Le regard d'azur rencontra le sien. Mia hocha la tête.

— Alors, je vais commander quelque chose.

— C'est probablement ce qu'il y a de mieux à faire, approuva-t-elle en laissant échapper un rire bref.

Damiàn se fit la réflexion que ce rire n'avait plus rien de l'amertume des fois précédentes, et il s'en réjouit. D'un large geste, Mia désigna la cuisine en déclarant :

— J'imagine qu'il n'y a rien de comestible dans ce showroom.

— Il y a un restaurant italien au troisième étage. Ça te va ?

— Parfaitement.

Fourrageant dans le tiroir où il gardait les cartes des restaurants voisins, Damiàn songea que Mia n'avait pas tort. Son appartement avait tout l'anonymat d'un showroom. Il n'y faisait que de brefs séjours, environ tous les deux mois, lorsque ses affaires le réclamaient en Grande-Bretagne. De ce fait, il n'avait jamais pris le temps de l'aménager.

Il tendit le menu à Mia en prenant bien garde que leurs doigts ne se frôlent pas.

— Que veux-tu boire, en attendant ? s'enquit-il.

Le sourire dont elle le gratifia était le premier qui fût clairement sincère. Tout comme son rire précédent.

— Un gin tonic, répondit-elle.

Tandis qu'il s'occupait des boissons, laissant Mia faire son choix dans le menu, Damiàn se fit la réflexion qu'il était bien arrogant en s'imaginant que le rire et le sourire de Mia étaient authentiques. Pourtant, quelque chose lui disait qu'elle avait laissé tomber le masque.

Sauf qu'il était complètement ridicule d'être sur un petit nuage, tout simplement parce qu'elle lui avait souri.

Pelotonnée dans l'un des canapés de cuir blanc, Mia sirotait un gin tonic. Il était minuit passé, l'heure à laquelle, habituellement, le flot d'adrénaline que la représentation déversait dans son organisme commençait à refluer. Ce soir, elle sentait courir dans ses veines un bouillonnement qui n'avait rien à voir avec ce genre d'énergie…

Lorsqu'elle avait avoué à Damiàn être effrayée, ce n'était pas à sa force physique qu'elle faisait référence – comme il l'avait cru –, mais plutôt au pouvoir qu'il exerçait sur elle. En sa présence Mia sentait toutes ses terminaisons nerveuses se mettre en alerte, toutes ses émotions s'exacerber.

Jamais elle n'avait été en proie à pareil émoi depuis le jour où elle avait comparu au tribunal, et ses craintes avaient été, alors, d'une tout autre nature.

— Parle-moi un peu de ta vie, demanda-t-elle quand Damiàn finit par se poser sur le canapé en face du sien. À quoi ressemble la jeunesse d'un fils de famille riche ?

Damiàn prit une longue gorgée de la bière qu'il s'était versée, puis essuya du pouce la mousse sur sa moustache.

— Une autre fois, dit-il. Parle-moi plutôt de toi.

— Il n'y a rien à dire que tu ne sais déjà.

Un petit sourire retroussa les lèvres sensuelles.

— *Mi vida*, je ne sais rien de toi hormis que tu as vingt-quatre ans, que tu es une comédienne talentueuse mais qui n'a pas encore percé, et que tu as un casier judiciaire pour détention et trafic de drogue. C'est tout.

— Je pensais que tu t'étais livré à une exploration en règle de mon histoire personnelle.

— Seulement des faits qui pouvaient avoir un intérêt pour ma démarche. Cela dit, *mi vida*, si nous devons rendre crédible notre histoire, il me faut en savoir davantage sur toi.

— C'est la même chose pour moi.

— Tu as raison. Mais, pour l'instant, je préfère que nous parlions de toi.

— Et tu n'as pas peur que la presse déterre mon passé ? Tu accepterais que ton nom soit associé à celui d'une dealeuse ?

— Cela n'arrivera pas. Oublie toute cette histoire.

— Comment le pourrais-je ?

Savoir que son passé judiciaire pouvait être utilisé contre elle était un poids énorme sur la poitrine de Mia.

Qu'arriverait-il si Damiàn n'était pas satisfait de la manière dont elle s'acquittait de sa tâche ? Utiliserait-il son casier pour la punir ?

Soudain, il prit une profonde inspiration, puis se leva.

— Attends-moi là, marmonna-t-il.

Il s'éclipsa, mais revint au bout de quelques secondes, tenant une grande enveloppe qu'il lui tendit.

— Tiens, dit-il, voici ton dossier. Je te le donne.

5.

Damiàn vit Mia hésiter avant de se saisir de l'enveloppe qu'il lui tendait. Il reprit sa place sur le canapé et soutint le regard écarquillé de ses yeux bleus pleins d'incrédulité.

— C'est bien la preuve que je ne chercherai pas à utiliser cela contre toi, non ? lança-t-il. Tu peux être certaine que je n'en ai pas conservé un double.

Il eut l'heureuse surprise de voir un sourire soulagé incurver les lèvres de Mia.

— Merci, fit-elle simplement, posant l'enveloppe sur la table.

Un instant, elle mordilla sa lèvre inférieure d'un air pensif, puis elle enchaîna :

— Si ton frère surveille tous tes échanges, comment peux-tu avoir la certitude que lui-même n'en a pas gardé trace ?

— Je peux compter sur mon service de sécurité pour cela. Ce sont eux qui se sont chargés des recherches sur toi, et ils m'ont procuré un téléphone crypté que nous avons utilisé pour échanger à ton sujet. Je leur fais une entière confiance.

Mia se réinstalla confortablement.

— Très bien, dit-elle. Que veux-tu savoir de moi ?

Je veux tout savoir…

Cette pensée déroutante prit Damiàn au dépourvu, et il avala une gorgée de bière pour se donner le temps de recouvrer ses esprits.

— Parle-moi de ta famille, tout d'abord, répondit-il.

— Il n'y a pas grand-chose à en dire. Nous sommes tout ce qu'il y a de plus normaux.

— Qu'entends-tu par là ?

— Eh bien, Amy et moi n'appelons jamais notre mère par son prénom. Nous n'avons pas besoin de lui demander rendez-vous pour la voir. Et je n'imagine pas une seconde qu'il lui vienne à l'idée de me faire surveiller, ou de pirater mes communications. C'est ce que j'entends par normal.

À la grande surprise de Damiàn, il ne parvint pas à s'offusquer de cette charge contre sa propre famille. Bien au contraire, cela le fit rire de bon cœur.

— Amy est-elle la plus jeune ou la plus âgée ? s'enquit-il.

— Elle a deux ans de moins que moi.

— C'est également une comédienne ?

— Non, elle vient d'obtenir son diplôme d'infirmière. Quant à notre mère, elle travaille dans une école primaire. Comme tu le vois, nous formons une famille parfaitement banale. J'ai grandi dans un pavillon tout à fait ordinaire, dans un gros bourg où rien n'arrivait jamais.

— Bref, un village normal !

Curieusement, Damiàn se sentait plus détendu que cela ne lui était arrivé depuis fort longtemps. Était-ce la lumière tamisée ? Ou bien la façon dont Mia se lovait sur le canapé ? En tous les cas, il appréciait de converser avec elle pas tout à fait comme des amis, mais plus du tout comme des ennemis.

Mia laissa échapper un petit rire.

— Exactement, dit-elle.

— Et ton père ? relança Damiàn. Que fait-il ?

Une fraction de seconde, il la vit se raidir. Elle avala une gorgée de son gin tonic avant de répondre :

— Il est mort il y a neuf ans.

Soudain, l'atmosphère s'était assombrie.

— Oh ! je suis désolé, souffla Damiàn.

Le sourire de Mia eut quelque chose de mélancolique.

— Ce n'est pas la peine, murmura-t-elle. C'est de l'histoire ancienne…

Sauf qu'il était clair qu'elle n'avait pas surmonté son chagrin, songea Damiàn. Il n'était qu'à voir la crispation de ses traits.

— Comment est-ce que… ?

Il laissa mourir la question sur ses lèvres. Mia déglutit avec peine, pourtant son pâle sourire ne s'évanouit pas.

— Sa voiture est tombée en panne sur l'autoroute, expliqua-t-elle, et il a été percuté par un camion pendant qu'il la poussait sur le bas-côté. Il n'a pas eu la moindre chance de s'en sortir. L'enquête a démontré qu'il était mort sur le coup. Il n'a pas souffert. C'est un réconfort.

— Quel genre d'homme était-ce ?

Le visage de Mia s'éclaira.

— C'était un père merveilleux, répondit-elle. Il enseignait la physique, et c'était quelqu'un de très drôle, très affectueux, et formidablement intelligent. Il nous adorait.

— Tu passais beaucoup de temps avec lui ?

Un instant, Mia eut l'air décontenancé, puis elle s'exclama :

— Quelle question ! Nous vivions sous le même toit.

Damiàn esquissa une moue contrite.

— Pardonne-moi, dit-il. C'est juste que je n'ai manifestement pas la même expérience de la vie familiale que toi. Chez nous, il n'était pas rare que nous soyons répartis sur différents continents. Même quand j'étais enfant. Mes parents ne passaient guère de temps ni ensemble, ni avec Emiliano et moi.

Damiàn et son frère avaient été élevés par un régiment de nurses et de domestiques, puis éduqués dans un pensionnat britannique. En de multiples occasions, il lui était arrivé de débarquer pour les vacances scolaires dans l'une des nombreuses demeures de la famille, pour la trouver vide de ses parents, envolés chacun de leur côté vers une autre région du monde.

Rien de cela n'avait jamais troublé l'enfant que Damiàn était. Il avait grandi en attendant impatiemment de seconder son père. Quand ce dernier l'avait nommé à la tête de la Banque Delgado, cela avait été le plus beau jour de sa vie. Entendre son père lui affirmer combien il était fier de lui, l'avait dédommagé des années passées à subir la haine de son frère, et de la certitude qu'Emiliano était le préféré de leur mère. Enfin, les paroles de son père donnaient un sens à son existence !

— Sa mort a dû être un coup terrible, dit-il d'une voix grave.

Son père lui manquait, mais Damiàn n'avait jamais été suffisamment proche de lui pour que leur lien soit autre chose que formel. Indubitablement, le chagrin sincère qu'il avait éprouvé lorsque la mort les avait séparés, n'avait rien de commun avec l'épreuve traversée par Mia.

Elle opina du chef et termina son verre qu'elle posa sur la table basse.

— Un autre ? proposa Damiàn.

— Un dernier, alors. Ensuite, je vais me coucher.

Damiàn les resservit chacun, puis déposa le verre devant Mia. Elle avait allongé les jambes et placé un coussin sous sa tête. Pendant quelques secondes, il contempla les pieds ravissants qu'elle laissait reposer au bord du canapé. Les ongles en étaient peints d'un rose délicat.

Prenant une profonde inspiration, il s'obligea à détourner le regard. Il était indispensable qu'il chasse toute pensée inopportune de son esprit. Même si se concentrer sur la conversation, en ignorant les bouffées de désir qui l'assaillaient, s'avérait de plus en plus difficile.

Le drame, c'était que Mia était terriblement désirable. Chacun de ses mouvements titillait les sens échauffés de Damiàn. Jamais, il ne s'était trouvé en situation de devoir faire taire son désir. Prendre conscience que sa détermination s'émoussait l'horrifiait.

Il avait toujours été capable de compartimenter les différents éléments de sa vie. Mia mettait à mal ce qu'il avait toujours cru être l'un des traits dominants de sa personnalité.

Se laissant tomber sur le canapé, il croisa les jambes dans une attitude simulant la nonchalance.

Surtout, que ni son expression ni son langage corporel ne

trahissent les émotions inopportunes qui le tourmentaient ! s'exhorta-t-il *in petto*. Mia semblait enfin à l'aise en sa compagnie, et Damiàn n'avait aucune intention de la déstabiliser à nouveau.

— Et comment se fait-il que la fille d'un professeur de physique se soit tournée vers le théâtre ? interrogea-t-il. Était-ce une vocation ?

— Pas vraiment, non…

Elle se tut, et Damiàn préféra ne pas la hâter. Au bout de quelques secondes, elle soupira et reprit :

— À la mort de mon père, les choses ont passablement changé… à la maison.

— Cela se comprend !

Mia vrilla son regard à celui de Damiàn.

— C'était affreux, souffla-t-elle. Au début, nous avons essayé de faire face, mais très vite nous nous sommes emmurées chacune dans notre chagrin. C'est à ce moment-là que je me suis inscrite au cours de théâtre du lycée. Curieusement, il n'y avait que sur scène que je parvenais à oublier mes problèmes. Cela m'a incroyablement aidée.

— Alors, pourquoi t'être droguée ?

Les pupilles de Mia s'élargirent, et Damiàn comprit subitement à quoi elle lui faisait penser à chaque fois qu'il faisait référence à son passé de délinquante. À un petit animal pris dans les phares d'une voiture. Elle était terrifiée.

Tendant le bras pour attraper son verre, Mia marmonna :

— Je n'ai pas envie d'en parler.

— Pourquoi ?

— C'est trop personnel.

Davantage qu'évoquer la mort de son père ? s'interrogea Damiàn.

Elle avala une gorgée de gin tonic, puis replia les genoux.

— D'accord, dit-il, tu n'as pas besoin de répondre si cela te met mal à l'aise. L'important, c'est que tu aies arrêté. Cela a dû exiger d'énormes efforts de ta part.

Pressant son visage dans le coussin, Mia supplia d'une voix étouffée :

— Je t'en prie, Damiàn ! Je ne peux rien dire.

Damiàn sentit sa gorge se nouer à la détresse qu'elle exprimait.

— C'est d'accord, dit-il, nous n'en parlerons plus.

Mais pourquoi, diable, refusait-elle aussi obstinément d'aborder le sujet ? se demanda-t-il. Et pourquoi était-elle à ce point désespérée ?

— Merci, murmura-t-elle en lui faisant de nouveau face.

— Raconte-moi plutôt tes projets d'avenir. Qu'attends-tu de la vie ?

Dans ses yeux, Damiàn lut que Mia lui était reconnaissante d'avoir changé de sujet. Lorsqu'elle répondit, ce fut d'une voix assurée.

— Tout d'abord, j'aimerais bien trouver un autre engagement. Je n'ai rien de prévu après *My Fair Lady*. J'ai bien une audition lundi prochain – avant ton retour d'Argentine, rassure-toi –, mais la concurrence sera dure, et je n'ai pas beaucoup d'espoir.

— Pourquoi ? Tu te sous-estimes. Je te rappelle que je t'ai vue deux fois sur scène et je trouve que tu as un réel talent.

— Tu es gentil, mais je préfère envisager le pire plutôt que de me bercer d'illusions. Comme cela, je ne suis pas déçue.

— Je suis certain qu'un jour je te verrai sur d'immenses affiches de cinéma.

L'image s'imposa à l'esprit de Damiàn. Mia était aussi talentueuse que belle. Elle était une star en puissance.

— J'espère bien que non ! s'exclama-t-elle en mimant un frisson de dégoût.

— Pourquoi ?

— Ce n'est pas du tout le genre de vie auquel j'aspire. Je n'ai aucune envie de devenir la propriété du public. Ce que j'aime par-dessus tout, c'est être sur scène. J'adore cette impression de former une famille lorsqu'on appartient à une troupe.

— Alors, c'est Broadway qui te tend les bras !

Mia étouffa un bâillement et esquissa une grimace.

— Cela ne risque pas d'arriver non plus, fit-elle. Tout d'abord, je tiens à rester en Angleterre. Et, même si j'étais tentée de faire carrière aux États-Unis, ma condamnation ne me permettrait pas d'obtenir un visa de travail.

Cherchant dans les profondeurs des prunelles bleues ensommeillées, Damiàn essaya d'y lire la vérité.

Était-ce véritablement l'amour du théâtre qui incitait Mia à refuser une carrière au cinéma ? Puis il se rappela les commentaires entendus dans la bouche des spectateurs. Ce n'étaient qu'éloges enthousiastes ! Mia avait raison : sa place était sur scène.

De nouveau, elle étouffa un bâillement et s'étira. Ce faisant, elle mit involontairement sa poitrine en évidence.

— Il faut vraiment que je dorme, déclara-t-elle.

S'efforçant d'ignorer le trouble que son mouvement innocent avait fait naître en lui, Damiàn se leva.

— Je vais te montrer ta chambre, dit-il.

Prenant son sac et l'enveloppe, Mia lui emboîta le pas. Damiàn s'arrêta devant une porte qu'il ouvrit en s'effaçant pour la laisser passer.

— Entre, dit-il en faisant tout son possible pour avoir un ton neutre. Tu as une salle de bains particulière. Et si tu as besoin de quoi que ce soit, ma chambre est juste en face.

Les yeux baissés, Mia se contenta de murmurer :

— Merci beaucoup…

— Bien… Je te laisse te coucher.

Hochant la tête, Mia leva le regard vers lui.

— Damiàn ? fit-elle.

Le cœur battant à tout rompre, il répondit :

— Oui ?

— Je suis désolée, pour la façon dont je me suis comportée tout à l'heure.

Ce fut après avoir dégluti avec peine que Damiàn parvint à déclarer :

— C'est… tout à fait compréhensible.

Pendant quelques secondes – qui parurent durer un siècle

à Damiàn –, leurs regards restèrent accrochés l'un à l'autre. Puis, il inspira profondément et eut la très mauvaise idée de s'écarter du pas de la porte au moment même où Mia pénétrait dans la chambre. Ils ne purent éviter que les seins de Mia effleurent son bras.

— Oh ! pardon ! fit-il.

— Non, non c'est moi…, protesta-t-elle.

La façon dont ses joues avaient rosi ne laissait aucun doute quant à son trouble.

Damiàn s'éclaircit la voix.

— Bonne nuit, *mi vida*, dit-il.

Le bonsoir de Mia, à peine murmuré, se perdit presque dans le bruit de la porte que Damiàn s'empressait de refermer derrière lui.

Les bras croisés dans l'espoir d'apaiser le fourmillement de ses seins, le cœur battant à en être presque douloureux, Mia ferma les yeux et prit une profonde inspiration.

Une fois qu'elle fut un peu calmée, elle s'assit au bord de l'immense lit et couvrit de ses mains son visage empourpré.

Alors qu'elle était d'un naturel réservé, et qu'elle ne se confiait jamais sur les événements de sa vie privée, elle s'en était ouverte à Damiàn comme elle ne l'avait jamais fait avec personne. S'il n'était pas rare qu'elle évoque son père avec sa mère et sa sœur, elle n'en parlait jamais aux étrangers.

Il s'en était fallu de peu qu'elle ne révèle la vérité à Damiàn au sujet de sa condamnation. Elle avait beau s'être forgé une solide carapace concernant ses mésaventures passées, chaque fois que Damiàn les remettait sur le tapis, elle était à deux doigts de tout lui dévoiler. Elle ne supportait pas l'image qu'il avait d'elle.

Mais pourquoi accordait-elle une telle importance à son jugement ? Cette préoccupation était presque alarmante.

Après une douche rapide, Mia se glissa dans son lit. Cependant, ce n'était pas par peur que Damiàn ne la rejoigne dans sa chambre qu'elle s'enroula dans la couette comme dans un cocon.

C'était bien plutôt par crainte de ne pas résister à l'envie de traverser le couloir jusqu'à lui.

6.

Mia serra la main du metteur en scène, le remercia de lui avoir offert l'opportunité de cette audition, puis passa la bandoulière de son sac sur son épaule et se dirigea vers la sortie du théâtre. L'homme était resté de marbre pendant qu'elle se produisait devant lui. La tournée avec *My Fair Lady* arrivait à son terme, et elle n'avait rien d'autre à se mettre sous la dent… hormis le *rôle* que lui avait confié Damiàn.

La première moitié du cachet versé sur son compte avait servi à quelques dépenses de première nécessité : l'achat d'une voiture d'occasion pour remplacer la sienne hors d'usage ; le changement de la chaudière de son appartement ; l'emplette de quelques bidons d'une peinture ruineuse censée résister à l'humidité.

Elle prévoyait de mettre de côté le solde du cachet, dont elle entrerait en possession après le week-end à Monte Cleure. Si elle faisait preuve de prudence, elle aurait de quoi subsister pendant quelques années s'il advenait qu'elle ne trouve pas d'autre engagement.

Lorsqu'elle émergea du théâtre, Mia tourna le visage vers le soleil, heureuse de sentir la douceur de l'air après la fraîcheur de la salle obscure. Deux des actrices avec lesquelles elle avait auditionné la suivaient, et toutes trois avaient décidé de déjeuner ensemble.

Elle allait se plonger dans l'exploration de son sac à main, en quête de ses lunettes de soleil, lorsque l'attention de Mia fut attirée par une haute silhouette, appuyée contre un mur à quelques pas de l'entrée des artistes.

Clignant des yeux pour accommoder sa vision, elle constata que Damiàn la regardait avec un petit sourire, sans bouger du mur. Les bras croisés sur son torse puissant, vêtu d'un pantalon gris foncé et d'une chemise noire au bouton de col défait, il attendait manifestement qu'elle le rejoigne.

— Bon, Mia, où veux-tu que nous allions ? la sollicita Tanya, l'une des deux jeunes femmes.

Déglutissant avec peine, Mia finit par retrouver la capacité de s'exprimer.

— Je suis désolée, les filles, dit-elle, mais je ne vais pas pouvoir vous accompagner. Mon copain est venu me chercher.

Le définir comme son fiancé, ou son amoureux, était au-dessus de ses forces. De plus, ce n'était pas le genre de vocabulaire employé dans son cercle de connaissances.

Deux paires d'yeux suivirent la direction de son regard. Du coin de l'œil, Mia vit Tanya rester bouche bée.

— C'est *ça,* ton petit ami ? murmura-t-elle.

Mia se contenta d'opiner du chef, incapable de formuler une réponse.

Malgré la distance, elle vit une lueur passer dans le regard de Damiàn, puis il s'approcha. Ce qu'il avait en tête ne laissait pas place au doute, et elle s'avança vers lui. Sauf que, pour une fois, il ne lui était pas nécessaire de se forcer. Bien au contraire, Mia devait se retenir de ne pas courir jusqu'à Damiàn. Impatiemment. Joyeusement.

Elle ne l'avait pas revu depuis qu'ils avaient partagé le petit déjeuner avant son départ pour l'Argentine, cinq jours auparavant. Cependant, ces quelques jours avaient été emplis de sa présence. Il avait envoyé un message sur son téléphone avant chaque représentation pour lui souhaiter bonne chance. Et, lorsqu'elle sortait de scène, il appelait pour demander si tout s'était bien passé.

Certes, elle n'avait aucune illusion quant à la sincérité de tout cela. Damiàn supposait que son frère piratait ses communications, et il agissait ainsi pour étoffer la thèse de leur coup de foudre. Néanmoins, elle ne pouvait empêcher que son cœur fasse un saut dans sa poitrine en voyant le prénom s'afficher sur l'écran.

La veille, ils avaient même bavardé pendant une demi-heure. Pelotonnée sur son canapé, Mia avait laissé cette voix de velours imprégner ses sens, rassurée à l'idée que Damiàn était à des milliers de kilomètres et ne pouvait percevoir le plaisir qu'elle prenait à leur conversation.

En cet instant, elle oubliait même qu'ils avaient un public et n'avait pas besoin de faire semblant d'être heureuse de le revoir. Comment était-ce possible ? Pourquoi négligeait-elle le fait qu'elle ne pouvait que le détester ?

Leurs regards vrillés l'un à l'autre, ils comblèrent l'espace les séparant, le sourire de Mia s'élargissant à chaque pas. Ce fut sans la moindre nécessité de faire appel à ses qualités de comédienne qu'elle noua les bras autour du cou de Damiàn et tendit son visage vers lui.

Les prunelles de jais étincelaient, quand il la prit par la taille.

— Eh bien, *mi vida*, voilà ce que j'appelle un accueil enthousiaste, susurra-t-il contre sa bouche.

La douceur de son haleine finissait à peine de caresser les lèvres de Mia que, déjà, il s'en emparait. Ce fut comme si un coup de tonnerre retentissait dans sa poitrine. Le soupir qu'elle exhala montait du plus profond de son être. Pourtant, avant même qu'elle n'ait le temps de se fondre dans ce baiser, Damiàn y mit un terme. Lui effleurant délicatement la joue de ses lèvres, il s'écarta. À cet instant, Mia dut vraiment mobiliser tout son talent pour ne pas manifester sa frustration. Que lui arrivait-il ?

Après avoir toussoté, elle insuffla à sa voix la vivacité qui lui semblait indispensable, car ses deux compagnes étaient tout ouïe.

— Quelle bonne surprise ! s'exclama-t-elle. Je ne t'attendais pas avant ce soir.

Un sourire flotta sur les lèvres de Damiàn, mais une ombre passa dans son regard.

— J'ai eu envie de te surprendre, dit-il.

— Eh bien, c'est réussi.

— Je t'invite à déjeuner ?

— Avec plaisir !

Saluant d'une main Tanya et Eloïse, Mia glissa l'autre dans celle de Damiàn et lui emboîta le pas.

— Où veux-tu déjeuner ? questionna Damiàn, en s'efforçant de garder un ton neutre.

Dios, il n'avait pas imaginé recevoir un tel accueil, même dans ses rêves les plus fous.

Se remémorant le soupir qu'elle avait exhalé contre ses lèvres, il se demanda si ce n'était que la marque de sa facilité à feindre. N'importe quel observateur aurait juré qu'elle était aux anges en le retrouvant. Les manifestations d'affection qu'elle lui avait prodiguées seraient aisément passées pour sincères.

— Étonne-moi ! répondit-elle.

Maintenant qu'ils étaient seuls, Damiàn s'était figuré qu'elle retirerait sa main de la sienne, mais elle n'en fit rien.

Cependant, il ne devait pas se faire d'illusions. Mia Caldwell vivait de ses dons pour la comédie. Il lui avait confié un rôle, et elle s'y était engouffrée avec maestria. Par contre, il était moins facile d'expliquer pourquoi lui-même était à ce point heureux de la revoir.

Les cinq jours chez lui, en Argentine, lui avaient paru interminables. Ce qui ne laissait pas de le déconcerter, car même le travail n'avait pas suffi à le distraire. Même son assistant lui avait demandé si tout allait bien – inquiétude qu'il n'avait jamais exprimée auparavant.

Si, comme il le soupçonnait, Emiliano faisait surveiller ses communications – ce que semblait confirmer la découverte de logiciels espions par son équipe de sécurité –, Damiàn ne pouvait que continuer à jouer les amoureux transis. C'était la raison pour laquelle il avait envoyé de nombreux SMS à Mia et passé tant de temps au téléphone avec elle. Qu'il soit obligé de foncer se rafraîchir sous la douche à peine leurs conversations terminées n'avait rien à voir dans l'affaire.

D'ailleurs, s'il éprouvait le besoin d'une douche froide en cet instant même, les causes en étaient claires et n'étaient pas de son fait.

Dios ! La robe d'été de Mia – dans une cotonnade blanche parsemée de petites roses rouges, tombant à mi-cuisse et boutonnée de haut en bas – aurait suffi à faire monter à des hauteurs himalayennes la tension du plus chaste des hommes.

— Comment s'est passée l'audition ? s'enquit-il dans l'espoir d'oublier que le contact de la main de Mia tourmentait son épiderme d'une myriade d'épingles.

— Sans intérêt ! répliqua-t-elle. Je n'ai pas fait la moindre impression sur le metteur en scène.

— Tu te sous-estimes, *mi vida*.

— Je suis juste réaliste.

Tandis qu'ils attendaient à un passage piéton, un mouvement de foule poussa Damiàn contre Mia. Il retint sa respiration jusqu'à ce que le feu change de couleur.

Pourquoi, diable, n'avait-il pas choisi parmi les quatre actrices sélectionnées par ses assistants celle qui était le moins susceptible de le troubler ?

Il avait besoin de rester *concentré*, bon sang ! À quoi est-ce que cela rimait d'être contraint de lutter contre la sensation qu'il sentait monter dans ses reins ? Heureusement, ils finirent par atteindre le restaurant, ce qui donna à Damiàn toute justification pour lâcher la main de Mia.

Le restaurant était bondé, mais Mia ne fut guère étonnée qu'on leur trouve une table.

Pendant le trajet jusqu'au restaurant, elle n'avait pas manqué de percevoir les sombres dispositions de Damiàn, ce dont elle s'était étonnée. Cela ne s'améliora pas une fois qu'ils furent installés. Lèvres pincées, il s'absorba dans la lecture du menu sans même un regard pour elle.

C'était en totale contradiction avec son propre état d'esprit, car elle était d'excellente humeur. C'était certainement dû à la merveilleuse douceur de l'air et au ciel d'azur au-dessus de leurs têtes, se dit-elle.

Avoir découvert en Damiàn autre chose que l'odieux personnage qu'elle se figurait ajoutait peut-être à son allégresse, cependant.

— Damiàn ? fit-elle.

Il ne leva pas la tête.

— Quoi ?

— Qu'est-il advenu de l'amoureux transi ?

— Je réfléchis à ce que je vais manger.

Mia tendit une main vers la sienne et s'efforça de ne pas montrer sa déception lorsqu'il se raidit à son contact.

— Ce n'est quand même pas à moi de te rappeler que nous devons avoir l'air de deux tourtereaux, non ? Qu'est-ce qui ne va pas ?

— Tout va parfaitement bien, répondit-il en grimaçant.

— Alors, tu ferais mieux d'effacer cette expression renfrognée de ton visage. Tu es censé faire assaut de charme à l'égard de la femme de ta vie, et non projeter de lui planter ta fourchette dans le bras.

Cette fois elle fut soulagée en voyant un petit sourire incurver les lèvres sensuelles.

— Voilà qui est mieux, dit-elle, en retirant sa main pour chasser la sensation divine que lui procurait le contact de leurs deux épidermes.

Lorsque l'on eut pris leurs commandes, Damiàn entama aussitôt la conversation :

— Après le repas, nous passerons chercher tes affaires, puis nous irons directement à mon appartement.

— Que comptes-tu faire de moi ?

À voir la lueur qui illumina les magnifiques yeux sombres, Mia regretta sa formulation.

— Je voulais dire… Quels sont tes projets pour nous ? s'empressa-t-elle de corriger, honteuse de se sentir rougir jusqu'à la racine des cheveux.

La large bouche se contracta.

— J'ai rendez-vous à Francfort, demain, mais ensuite je serai entièrement libre, répondit Damiàn. Je te mettrai au courant du déroulement du week-end à Monte Cleure et t'expliquerai comment nous allons procéder. J'ai les plans de la villa et une vidéo des lieux. Tu vas pouvoir étudier tout cela. Il faut que je t'accompagne faire un peu de shopping, aussi.

— Pourquoi ?

— Tu vas avoir besoin de te procurer les tenues nécessaires pour endosser ton rôle, *mi vida*.

— Tu veux parler de toilettes dispendieuses ? interrogea-t-elle avec un clin d'œil.

— Précisément.

Mia n'eut pas besoin de jouer la comédie pour gratifier Damiàn d'un sourire radieux.

— Alors, c'est parfait ! fit-elle.

Lorsque Damiàn rentra de Francfort, le lendemain, la soirée était déjà bien entamée. Mia avait passé la journée à étudier la disposition de la villa. Entendant la porte d'entrée s'ouvrir, elle sentit le sang affluer dans ses veines.

Enfin Damiàn apparut dans le salon.

Lorsqu'il était parti, tôt le matin, Mia dormait encore. Ce fut seulement en le voyant qu'elle réalisa l'avoir attendu fébrilement le plus clair de son temps.

Effrayée par la pulsion qui faillit la jeter dans ses bras, elle fit mine de s'affairer avec les papiers étalés sur la grande table où elle avait travaillé.

— Ton déplacement s'est bien passé ? questionna-t-elle, tandis qu'il déposait sa serviette sur le seul espace laissé libre sur le plateau de verre.

— J'ai été enfermé l'essentiel de la journée dans une salle

de réunion, mais à part ça tout va bien. Et toi, est-ce que tu t'es familiarisée avec la villa ?

— Le terme me paraît trop modeste, répondit Mia d'un air moqueur. C'est plutôt un palais. Mais accorde-moi quelques heures de plus, et je serai incollable sur le sujet.

Elle n'aurait su dire pourquoi le regard amusé de Damiàn la réjouissait tant. Mais, en même temps, comme pour tout ce qui touchait à ses sentiments pour lui, elle ne pouvait s'empêcher d'être effrayée par sa propre réaction.

— J'y compte bien ! rétorqua Damiàn avec un petit sourire. Est-ce que tu as dîné ?

— J'ai passé la journée à travailler et à m'empiffrer.

Ainsi que Damiàn le lui avait recommandé, Mia n'avait pas hésité à faire appel aux services du concierge pour se faire apporter de quoi manger. La seule interruption dans son travail – et ses constants grignotages ! – avait été le moment où elle avait appelé sa mère.

Il lui avait fallu pas mal de doigté pour se dérober aux questions de celle-ci sur sa nouvelle « relation ». C'était avec un réel sentiment de culpabilité qu'elle avait menti. Pour calmer l'excitation de sa mère, Mia s'était efforcée de recadrer un peu les choses : l'histoire entre elle et Damiàn n'en était qu'à ses tout débuts ; tous deux n'avaient rien de commun, ni socialement ni financièrement ; ils ne resteraient probablement pas ensemble bien longtemps…

Toutes choses qui étaient l'exact reflet de la réalité, en plus du fait que Damiàn la rémunérait pour tenir le rôle de sa compagne. Et peu importaient les sentiments extravagants qu'il faisait naître en elle. Rien ne sortirait jamais de leur rencontre. Leurs vies étaient bien trop différentes.

Damiàn tirait sur son nœud de cravate pour le desserrer, faisant valoir les muscles de ses avant-bras à chaque mouvement. En réaction, Mia sentit des muscles plus intimes se contracter en elle.

— Parfait ! lança Damiàn. Je te sers à boire ?

— Oui, merci.

— Comme d'habitude ?

À cette question, d'étranges palpitations naquirent dans la poitrine de Mia. Elle se contenta d'acquiescer de la tête.

Comme d'habitude… Deux mots tout à fait banals, mais qui lui donnaient une impression de chaleureuse intimité.

S'efforçant d'écarter les émotions qui l'envahissaient, elle reporta son attention sur les documents auxquels elle avait consacré de longues heures. Son cœur n'avait cependant pas retrouvé un rythme normal lorsque Damiàn reparut avec leurs deux verres. Il s'assit en face d'elle, et Mia se sentit prise au piège de son regard d'obsidienne.

Les battements d'ailes recommencèrent dans sa poitrine, occupant tout l'espace. C'était à peine si elle parvenait à respirer, et elle dut lutter pour que sa gorge laisse passer un filet d'air. Comme il lui fallut empêcher ses mains impatientes de se tendre vers Damiàn pour le toucher.

Or, tandis qu'elle restait accrochée à son regard incroyablement envoûtant, Mia eut l'extraordinaire impression qu'il se débattait avec la même pulsion.

S'éclaircissant la voix, elle s'arracha au sortilège, tiraillant une mèche de ses cheveux et s'efforçant de se souvenir une bonne fois pour toutes des raisons de sa présence dans cet appartement : elle avait un contrat à honorer !

— Écoute, commença-t-elle, je sais que tu n'es pas très chaud pour me dire sur quoi portent les documents que tu cherches à récupérer, et je respecte tes réticences. Mais pourquoi es-tu à ce point persuadé qu'Emiliano les a cachés dans la villa ?

Un lourd silence fut la seule réponse à sa question.

Lorsqu'elle se décida à lever les yeux vers Damiàn, ce fut pour constater qu'il posait sur elle un regard insondable. Il prit une gorgée de bière, puis inclina la tête pour se masser le crâne.

— Parce que c'est là qu'ils étaient à la mort de mon père, dit-il. Il avait corrigé son testament peu de temps avant de mourir. Sa fortune personnelle se partageait entre Emiliano et

Céleste. Mais il me laissait toutes ses sociétés. Le testament a disparu, y compris le document transférant la propriété du Groupe Delgado en mes seules mains.

Damiàn leva les yeux vers Mia. Elle n'avait jamais vu pareille dureté dans les profondeurs sombres, jusque-là.

— Si ces deux actes ne réapparaissent pas d'ici quinze jours, reprit-il, la totalité de l'héritage tombera entre les mains d'Emiliano.

— Comment est-ce possible ? s'étonna Mia. D'après ce que j'ai pu lire le concernant, il n'a pas la moindre attirance pour le monde des affaires.

À en croire Internet, les deux seules passions d'Emiliano étaient les chevaux et les femmes.

— Mon père s'était fait naturaliser citoyen de Monte Cleure, ce qui l'obligeait à se plier à ses lois testamentaires. Par conséquent, un délai de six mois doit être observé avant que les dernières volontés du défunt puissent être appliquées. Si les successeurs ne produisent pas de testament dans ce laps de temps, alors le fils aîné hérite de tout. La principauté a des règlements archaïques.

— Et tu penses qu'Emiliano a dissimulé ces documents pour que les choses se passent ainsi ? Pourquoi ferait-il une chose pareille s'il ne porte aucun intérêt à la société ?

— Par vengeance, répondit Damiàn d'une voix sombre. Il y a dix ans, notre père lui a confié la responsabilité d'un très important fonds d'investissement. Par ses erreurs de placements, mon frère a fait perdre un demi-milliard de dollars à nos clients. Il a alors refusé de porter la responsabilité de ces pertes. En définitive, nous n'avons eu d'autre choix que de le mettre à la porte. Si nos clients avaient eu vent des erreurs de mon frère, c'en était fait de la réputation de la famille. Emiliano n'a pas eu à souffrir financièrement. Mon père et moi avons compensé ses pertes sur nos fonds propres. Puis mon père a établi une très généreuse dotation à son profit. Mon frère reçoit dix millions de dollars par mois, et ce pour toute sa vie. Mais il ne nous a jamais pardonné de l'avoir mis sur la touche. Il adorerait se débarrasser de moi. Ensuite, je suis certain qu'il coulerait l'affaire. Quand je te dis que j'ai tout à perdre si je ne retrouve pas ces papiers. c'est la vérité pure et simple.

7.

Le cœur serré par le récit que venait de faire Damiàn, Mia réfléchit intensément.

— Comment peux-tu être certain qu'Emiliano n'a pas détruit ces documents ? finit-elle par demander. Tu lui as posé la question ?

— Mon frère et moi ne nous sommes pas parlé depuis qu'il a quitté la société, répondit Damiàn. Mais il a assuré à Céleste qu'il n'en avait rien fait.

— Tu veux dire qu'Emiliano et toi ne communiquez pas depuis *dix ans* ?

Damiàn haussa les épaules.

— Nous nous croisons parfois, mais il refuse même de me regarder, dit-il. Notre communication passe par Céleste.

Éberluée par ce constat flegmatique d'un état de guerre totale entre deux frères, Mia exhala un long soupir.

— Du coup, dit-elle, rien ne te prouve véritablement qu'il ne s'en est pas débarrassé.

— Non. Ce n'est pas dans ce sens que nous avons été éduqués. Nos parents nous ont appris à agir comme des joueurs d'échecs : stratégiquement. Emiliano ne détruirait jamais des écrits qui peuvent s'avérer utiles dans l'avenir.

— Est-ce que Céleste pense aussi qu'il les a dissimulés ?

— Elle a toujours considéré Emiliano comme la prunelle de ses yeux. Pour elle, il est incapable de faire quoi que ce soit de mal.

L'éclair d'amertume dans le regard d'obsidienne avait été flagrant. Cela ne faisait que confirmer l'impression de Mia :

les Delgado n'avaient rien à voir avec la famille aimante dans laquelle elle-même avait grandi. Il n'était guère étonnant, de ce fait, que Damiàn affiche une telle froideur.

Sauf qu'il lui paraissait de plus en plus clair qu'il ne s'agissait que d'une façade. Sous le dehors glacé battait un cœur capable de sentiments profonds.

Avant même que Mia n'ait eu le temps de poser davantage de questions sur la relation des deux garçons avec leur mère, Damiàn reprit la parole. Ses pupilles de jais étincelaient.

— Trois jours avant sa mort, mon père m'a fait venir pour me lire les documents. Il savait qu'il n'en avait plus pour très longtemps et il tenait à me préparer à la situation. Nous avions prévu d'annoncer officiellement ma prise de contrôle, mais il est mort avant que nous n'en ayons le temps.

Ce fut comme si la souffrance encore vive entaillait la façade, et Mia ne put se retenir de tendre une main pour couvrir celle de Damiàn. Elle ne dit rien. D'expérience, elle ne savait que trop bien combien les platitudes proférées par autrui sont inutiles en de tels moments. Par contre, un geste de réconfort pouvait apaiser.

Elle vit la poitrine de Damiàn se soulever. Il poussa un profond soupir, puis retira sa main et joignit ses doigts devant lui.

— Il m'avait dit que les deux actes seraient dans son coffre. Le jour des obsèques, ils n'y étaient pas. J'ai alors pensé qu'ils étaient chez un notaire. Tous ceux de la principauté, contactés par mes soins, n'en ont jamais entendu parler.

Se passant la main sur le visage, Mia s'efforça de réfléchir.

— Qui te dit qu'ils sont encore à la villa ? interrogea-t-elle.

— Emiliano y est demeuré quelques jours, après les funérailles. Il se trouve que j'ai un ami dans la place. Grâce à lui, j'ai pu avoir accès aux enregistrements des caméras de surveillance extérieure. On peut y constater clairement que mon frère n'a jamais quitté les lieux avec autre chose en main que ses clés de voiture. Et il n'y a pas remis les pieds depuis. La première des choses que je compte faire, en arrivant à Monte Cleure, sera de pirater le système de surveillance.

J'attends aussi que Felipe, mon expert en sécurité, réussisse à récupérer les enregistrements faits depuis la mort de mon père jusqu'au week-end suivant son enterrement. Il y travaille en ce moment.

Il s'interrompit et plongea son regard dans celui de Mia, avant de reprendre :

— Malheureusement, nombreux sont les endroits qui auraient pu servir de cachette à Emiliano. Et c'est là que je vais avoir besoin de toi. Je ne peux pas me livrer à une fouille en règle de la villa sans éveiller les soupçons ou risquer de me faire surprendre.

— Tu peux compter sur mon aide. Je ferai exactement ce que tu me demanderas.

Pendant quelques interminables secondes, Damiàn la dévisagea sans un mot. Puis il observa :

— C'est bien pour cela que je te paye, *mi vida.*

— Je sais.

Ce fut avec peine que Mia déglutit pour avaler quelque chose qui ressemblait fort à de la déception ressentie à ce rappel de la place qu'elle occupait dans l'univers de Damiàn – le tout formulé sur un ton de froideur doucereuse.

— Je voulais seulement dire que…

Elle s'interrompit. Que diable avait-elle voulu dire ? Qu'elle était prête à faire le serment de l'aider quand bien même il ne l'aurait pas rémunérée ?

Avec un serrement de cœur, elle prit conscience que Damiàn n'avait que faire de sa compassion. L'indifférence de son regard suffisait à le comprendre.

Tout à coup, elle éprouvait le besoin impérieux de se retrouver seule. Aussi repoussa-t-elle sa chaise pour se lever.

— Pardonne-moi, mais je suis épuisée, dit-elle. Je crois que je ferais mieux d'aller me coucher.

Il était surtout urgent qu'elle s'accorde le temps de s'interroger sur la nature des sentiments qui ne cessaient de se développer en elle d'heure en heure. Des sentiments qui n'étaient manifestement pas réciproques.

En tous les cas, il lui fallait absolument s'éclipser avant de faire ou de dire quelque chose qu'elle ne pourrait que regretter.

Le regard de jais garda une impassibilité inaltérable.

— *Buenas noches*, se contenta de lâcher Damiàn.

Un instant, Mia demeura immobile, le contemplant fixement. Comment était-il possible qu'il se livre à de telles confidences, puis redevienne immédiatement un bloc de glace ?

— Eh, bien…, bonne nuit, dit-elle en tournant les talons.

Ce fut seulement lorsque Mia eut disparu que Damiàn desserra les mâchoires, ferma les yeux et s'inclina vers la table pour se prendre la tête dans les mains.

Pourquoi, juste ciel, s'était-il laissé aller à pareilles confidences ? Jamais il n'évoquait sa famille en termes aussi intimes. Quoi qu'il puisse se produire en coulisses, la règle était de ne rien laisser paraître en public. La discrétion était un élément constitutif de la vie de la famille Delgado, que ce soit sur un plan personnel ou professionnel.

Formuler à voix haute que Céleste avait une préférence marquée pour Emiliano lui avait été à la fois difficile et curieusement aisé. Il lui avait suffi de plonger dans l'azur des prunelles de Mia pour que les mots se forment tout naturellement sur ses lèvres. Et cela avait été le cas pour chacune des choses qu'il lui confiait.

Finissant les dernières gorgées de bière, il se passa nerveusement la main dans les cheveux.

Qu'arrivait-il avec Mia ? Était-ce simplement leur cohabitation qui créait cette sorte d'envoûtement auquel il ne parvenait pas à échapper ? Sauf que ce n'était pas seulement l'appartement qui était empli de la présence de Mia. Elle occupait entièrement l'esprit de Damiàn, y compris lorsqu'ils étaient loin l'un de l'autre, et son image dansait en permanence devant ses yeux.

Oubliait-il qu'il la payait pour remplir un rôle, dans une intrigue où lui-même jouait son avenir ? Et, même s'il l'avait connue en d'autres circonstances, il se serait absolument refusé à lui faire la cour. Car elle était exactement tout ce dont il ne voudrait jamais. Pour commencer, elle était solidement enracinée en Angleterre, alors que lui-même…

Il jura dans sa barbe.

D'où pouvaient bien lui venir pareilles idées ?

Serrant les poings, il inspira puis expira longuement à dix reprises, dans l'espoir de se débarrasser de ces pensées désordonnées. En vain !

Une boisson forte, voilà ce dont il avait besoin ! Quelque chose qui l'étourdirait suffisamment pour qu'il ne reste pas des heures, allongé dans son lit, les yeux braqués au plafond, à ruminer sur le fait que la femme qui accaparait ses pensées était dans la chambre en face de la sienne.

— Où veux-tu que nous commencions ? lança gaiement Mia à Damiàn tandis qu'ils émergeaient de la limousine, en plein cœur de la cohue de Bond Street.

— Est-ce que tu es déjà venue faire du shopping par ici ? questionna-t-il.

— Avec ce que je gagne ! Tu plaisantes, j'espère ?

— Eh bien, je te laisse le choix.

— Impossible ! J'ai envie de rentrer dans toutes les boutiques.

Même lorsque Damiàn lui avait remis la somme destinée à faire l'emplette d'une tenue pour leur première soirée au restaurant, Mia n'avait pas osé se risquer dans des quartiers aussi chics.

— J'aurais mieux fait d'embaucher une styliste pour sélectionner des vêtements à ton intention, et te les faire livrer, observa Damiàn avec un grognement étouffé.

— Ce ne serait pas drôle !

— Tu aimes faire du shopping ?

— Habituellement, pas plus que ça. Mais je n'ai jamais disposé d'un budget illimité et j'ai bien l'intention d'en profiter. Cela ne risque pas de m'arriver de sitôt !

Mia marqua une pause en voyant s'assombrir les prunelles d'obsidienne. Avait-elle dit quelque chose qu'il ne fallait pas ?

— De plus, reprit-elle, je te rappelle qu'il est important qu'on nous voie ensemble.

Proférant un nouveau grognement, Damiàn l'entraîna vers la boutique la plus proche. Celle d'un couturier dont elle avait souvent admiré les créations, en sachant qu'il y avait fort peu de chances qu'elle puisse s'en offrir une, un jour.

Dans l'espoir d'arracher un sourire à Damiàn – il lui opposait la mine figée d'un robot depuis le matin –, Mia ajouta sur un ton badin :

— Est-ce que tu détestes tellement le shopping que tu embauches toujours une styliste pour choisir les vêtements de tes maîtresses ?

La main sur la poignée de la porte, il lui jeta un coup d'œil assassin.

— Mes maîtresses sont autonomes financièrement, répondit-il. Cela me garantit qu'elles ne sont pas uniquement attirées par mon compte en banque.

Il fallut à Mia toute la force de sa volonté pour que son visage ne s'affaisse pas sous le choc. La remarque de Damiàn était lourde de sens. Manifestement, c'était un avertissement à son endroit.

— Quel monde cynique que le tien ! s'exclama-t-elle. Je ne m'étonne plus que tu aies eu besoin d'embaucher quelqu'un comme moi pour jouer le rôle de ta compagne.

À sa grande horreur, elle sentit les larmes lui monter aux yeux. La froideur que Damiàn avait manifestée la veille, après s'être livré avec une étonnante franchise, était toujours présente. Malgré ses manières courtoises de gentleman, il n'en avait pas moins un ton sec et des gestes impatients.

Que diable avait-elle pu faire pour provoquer cela ?

De crainte qu'il ne perçoive sa tristesse, Mia passa devant Damiàn et entra dans la boutique d'un pas décidé. Ses talents de comédienne lui furent de la plus grande utilité pour reprendre le masque de l'amoureuse transie, tournant vers son milliardaire chéri un regard de biche énamourée.

L'élégante jeune femme qui les accueillit n'avait d'yeux – comme de juste ! – que pour Damiàn. Elle se présenta comme étant la directrice de la boutique et entraîna Mia vers les portants de vêtements où se trouvait tout ce qu'il convenait pour transformer une jeune actrice sans le sou en membre à part entière de la jet-set internationale.

L'excitation de Mia s'était estompée, ne laissant dans sa bouche qu'un goût amer. Rien de ce qui lui fut proposé ne la tentait, et ils quittèrent les lieux les mains vides. Il en fut de même dans les autres boutiques. C'était bien la première fois de sa vie que Mia ne parvenait pas à habiter le rôle qu'on lui avait confié. Tout ce dont elle rêvait, c'était de retrouver au plus vite le refuge de son modeste appartement.

— Qu'est-ce qui ne va pas ? lui demanda Damiàn à mi-voix, tandis qu'ils sortaient les mains vides d'un troisième magasin.

— Rien, se contenta de répondre Mia.

Pour s'éviter davantage de questions, elle s'enfila sans plus attendre entre les portes d'un grand magasin de luxe.

Cette fois, Damiàn sembla décidé à prendre les rênes. Ce fut lui qui aborda une vendeuse, indiquant quelles étaient les différentes tenues dont sa compagne avait besoin. Docilement, Mia se laissa entraîner jusqu'à un salon d'essayage aussi luxueux que le boudoir d'un palais.

Assise sur une chaise capitonnée de velours écarlate, elle attendait qu'on lui apporte les vêtements lorsque Damiàn entra brusquement. Mia se leva d'un bond.

— Dis-moi ce qui ne va pas, siffla-t-il entre ses dents serrées, ses prunelles noires lançant des éclairs de colère.

— Rien, je t'ai dit ! martela Mia.

— Ne me mens pas, Mia. Cela ne te ressemble pas de jouer les enfants gâtées.

— Non, c'est plutôt ton rayon.

— Ne me pousse pas à bout !

— Sinon, quoi ? Tu vas me laisser tomber ?

Elle vit le visage de Damiàn se crisper de rage.

— Tu m'as blessée, lâcha-t-elle.

Clignant des paupières, Mia levait vers Damiàn un regard humide, et il jura *in petto*.

— Comment cela ? marmonna-t-il.

— Ne fais pas semblant de ne pas comprendre, répliqua-t-elle. Tu sais très bien que je n'ai accepté ce job que parce que je pensais que tu avais les moyens de m'y forcer, et tu me fais passer pour une croqueuse de diamants.

— Mais pas du tout !

La mauvaise humeur de Damiàn monta d'un cran, et il se passa nerveusement la main dans les cheveux.

— Bien sûr que si ! Depuis que tu m'as *embauchée*, j'ai fait exactement ce que tu attendais de moi. J'ai même menti à ma famille. Et maintenant tu te comportes comme si tu avais à faire à une poule cupide qui a besoin qu'on la remette à sa place. Tu as beau appartenir à l'élite, cela ne te donne pas le droit de me traiter comme si je valais moins que toi.

Damiàn inspira profondément. Il n'aurait su dire pourquoi sa poitrine était à ce point comprimée. Respirer était un calvaire. Était-ce de voir Mia grimacer pour retenir ses larmes, qui l'oppressait autant ?

— Je n'ai jamais pensé que tu valais moins que moi, protesta-t-il.

— En tout cas, tu as éprouvé le besoin de me remettre à ma place, pas vrai ? Ne crois-tu pas que ta froideur et la façon dont tu sursautes à chaque fois que je te frôle ne suffisent pas à me faire comprendre combien je suis indigne de toi ?

Damiàn ravala le juron qui lui brûlait la langue et se força à continuer à chuchoter, avec le même ton venimeux qu'ils avaient employé depuis le début de cet échange.

— Comment oses-tu prétendre que je suis snob ?

— Cela ne me semble pas immérité, si tu veux le savoir ! Tu te penses trop bien pour moi, mais sache que j'ai beau être pauvre, je ne juge pas les hommes à l'aune de leur compte en banque. Ce n'est pas la raison qui me fait décider de les accepter dans mon lit ou pas.

Cette fois, Damiàn ne chercha pas à retenir l'imprécation qui lui venait aux lèvres. Au diable Mia Caldwell et ses magnifiques yeux bleus lançant des éclairs offusqués ! Au diable sa capacité à lui faire avouer des choses qu'il aurait mieux fait de taire ! Au diable les sentiments qu'elle lui inspirait et dont il n'avait que faire !

— Je suis désolé si tu as pensé que je te jugeais indigne de moi, marmonna-t-il. Ce n'est pas ce que je voulais dire…

Il s'interrompit, serrant les poings, et jura de nouveau avant d'ajouter :

— Oh ! et puis…, ce n'est pas *toi* que je cherche à éloigner de *moi* ! C'est *moi-même* que je veux écarter de *toi*.

Les yeux bleus s'arrondirent comme des soucoupes.

Avant même que son cerveau ne lui intime de ne pas bouger, Damiàn fit le pas en avant lui permettant de combler l'espace entre lui et Mia. Puis il prit son visage en coupe entre ses mains.

— Toi et moi…, souffla-t-il.

Il s'interrompit en la voyant devenir écarlate, puis reprit :

— Bon sang, Mia ! À chaque fois que nous nous effleurons, ma capacité de concentration s'évapore. Je suis à un tournant de ma vie. Comment puis-je tenir le cap, si je ne fais que penser à *toi* ?

Damiàn attendit que Mia repousse ses mains, qu'elle crie, qu'elle se débatte. Bref qu'elle manifeste, de quelque manière que ce soit, que son contact lui était insupportable.

Mais elle rivait son regard au sien, et ils étaient tellement près l'un de l'autre que leurs nez se touchaient presque.

— Mia…, souffla-t-il en une sorte de plainte sourde. Nous ne sommes pas faits l'un pour l'autre. Ça ne marcherait jamais. Je suis incapable de t'offrir un avenir.

Les lèvres de Mia s'entrouvrirent. Un souffle imperceptible s'en échappa et vint effleurer celles de Damiàn, se mêlant à sa propre haleine.

Lâche-la immédiatement. Sors d'ici.

Comment Damiàn aurait-il pu obéir aux exhortations de son cerveau ? En cet instant, toutes ses pensées, toutes les émotions se déchaînant en lui, n'avaient d'autre objet que cette femme. Peu à peu montait en lui le sentiment qu'elle pouvait fort bien devenir le centre de son univers.

Il inclina la tête pour approcher sa bouche de la sienne. Mia ferma les paupières.

C'est alors que la porte s'ouvrit brusquement. D'un bond, ils s'écartèrent l'un de l'autre. Sur le seuil se tenait une vendeuse, les bras chargés de vêtements, la confusion la plus totale peinte sur son visage.

— Je…, je vous prie de m'excuser, bredouilla-t-elle. J'aurais dû frapper…

Prenant une profonde inspiration, Damiàn risqua un coup d'œil en direction de Mia. Elle tenait son visage entre ses mains, exactement de la même manière qu'il l'avait fait lui-même quelques instants plus tôt. Jamais il ne l'avait vue aussi écarlate.

Il inspira une nouvelle fois, puis quitta la cabine.

Le reste de la journée fila dans une sorte de brouillard pour Mia. Elle n'aurait su dire quelles étaient les tenues dont ils avaient fait l'emplette. Quant aux bijoux dont Damiàn jugeait bon qu'ils viennent parfaire ses toilettes, ils n'étaient que des ombres colorées dans son cerveau.

Curieusement, elle avait l'impression que Damiàn avait vécu cette journée dans la même sensation d'étourdissement qu'elle-même.

N'avaient-ils pas été à deux doigts de s'embrasser ?

Tout cela était si déconcertant. Les émotions qui se succédaient en elle étaient tellement troublantes.

Quant à comprendre ce que Damiàn pouvait avoir en tête, c'était encore plus difficile. Mia ne cessait de repenser aux choses qu'il avait dites, à la façon dont son regard avait pris l'apparence de la lave en fusion…

Leur retour à l'appartement, à l'arrière de la limousine, se déroula dans un silence tendu. À cause des embouteillages, ils furent contraints de passer une heure entière, côte à côte, dans le plus complet silence. Chacun se tenait à une extrémité de la banquette, le regard perdu vers le flot de voitures.

Mia avait la sensation d'être un baril de poudre redoutant l'allumette qui allait l'enflammer.

Le chauffeur de Damiàn et le concierge de l'immeuble les accompagnèrent jusqu'au *penthouse* pour porter la multitude de paquets. Cela seul aurait suffi à la convaincre que le milliardaire et elle n'étaient pas faits l'un pour l'autre. Attendre que des domestiques vous débarrassent de ce genre de corvée ! Damiàn habitait clairement une planète différente de la sienne. Comment un avenir commun serait-il envisageable quand tout les séparait, depuis leur mode de vie jusqu'à leur conception de la famille ?

Et quelle femme serait assez stupide pour envisager de lier son sort à un homme qui douterait toujours des motivations la poussant dans ses bras ?

Cependant, Mia ne pouvait nier qu'elle était en proie à une fièvre irrépressible lorsque Damiàn était dans les parages.

Cela faisait si longtemps qu'elle attendait de ressentir de telles émotions. Un ou deux flirts, dans ses années de lycée, n'étaient pas allés plus loin que quelques chastes baisers. Ensuite, elle avait été bien trop empêtrée dans les problèmes d'Amy pour avoir le temps de songer au sexe opposé. Une fois qu'elle avait enfin intégré l'école de théâtre, et qu'elle avait eu l'esprit libre pour entamer une relation amoureuse, ses critères de choix avaient grimpé de quelques degrés.

Les années passant, elle n'avait fait qu'accumuler les rencontres calamiteuses. Mia restait persuadée qu'elle valait mieux qu'une passade sans lendemain avec un parfait inconnu.

Aujourd'hui, elle se rendait compte que ce qu'elle attendait désespérément c'était de sentir le sang affluer dans ses veines comme un torrent furieux, le poids sur sa poitrine, l'estomac serré. Un mélange de terreur et d'excitation. Un emballement du pouls. Le sentiment impérieux d'une étroite connexion allant de l'un à l'autre.

Sauf qu'elle prenait tout à coup conscience de l'amère ironie qu'il y avait à éprouver toutes ces choses pour un homme avec lequel elle ne pourrait jamais se projeter dans l'avenir. Elle en aurait pleuré !

Car il lui fallait ouvrir les yeux : *oui*, elle rêvait d'avenir avec un homme. Ce qu'elle cherchait c'était celui avec lequel elle partagerait sa vie !

Depuis l'instant de leur retour, Damiàn s'était éclipsé. Assise sur son lit, Mia tentait de mobiliser suffisamment d'enthousiasme pour explorer les merveilles qu'il avait acquises pour elle. Il était même allé jusqu'à lui faire livrer une série de bagages de l'un des maroquiniers les plus réputés au monde, afin qu'elle se présente à Monte Cleure avec les attributs de ce qui était censé être sa classe sociale. En d'autres temps, Mia aurait sauté de joie à l'idée d'être équipée de pareils accessoires. Comme elle se serait réjouie d'emmagasiner des toilettes de grands couturiers. Sauf qu'être soupçonnée d'agir comme une croqueuse de diamants avait complètement douché son enthousiasme.

Un coup bref fut frappé à la porte, et elle n'eut même pas le temps de se composer une attitude que déjà Damiàn pénétrait dans sa chambre.

Mains fourrées dans les poches de son jean, il resta planté près de la porte. Il semblait respirer avec peine. Vrillant son regard à celui de Mia, il déclara :

— Je suis venu te présenter mes excuses pour mon comportement inacceptable de tout à l'heure. J'avais promis de ne jamais te toucher en privé et je n'ai pas tenu ma promesse. C'est injustifiable.

— On peut difficilement dire que le salon d'essayage d'un grand magasin soit un espace privé, marmonna Mia sans lever les yeux de peur qu'il n'y lise les émotions qui la taraudaient.

— Cela ne se reproduira pas, l'assura Damiàn d'un ton ferme. Je t'en donne ma parole. Je voulais aussi te demander pardon pour avoir laissé entendre que je te prenais pour une croqueuse de diamants.

— Merci, souffla Mia, les yeux toujours baissés. Parce que je ne suis rien de tel.

La gorge affreusement nouée, Damiàn eut bien du mal à proférer un simple :

— Je sais.

S'il était une chose dont il ne doutait pas, c'était que Mia était quelqu'un de complètement désintéressé. Même à la seconde où il avait formulé cette accusation implicite, il n'avait pu ignorer combien c'était injuste. À vrai dire, il n'avait cherché qu'à la blesser. À la repousser. À maintenir entre eux une distance indispensable.

Indispensable pour *lui* !

Car, au cours de ces quelques minutes dans la cabine d'essayage, il avait véritablement perdu la tête. Jamais son self-control n'avait été ainsi réduit à néant. En cet instant même, il lui fallait enfoncer les poings au fond de ses poches pour se retenir de prendre le visage de Mia entre ses mains une nouvelle fois.

Comment réagirait-elle ? Damiàn ne pouvait oublier la chaleur qu'il avait sentie émaner de son corps souple, et la lueur qui brillait dans ses yeux.

Dios, les doigts lui démangeaient d'éprouver encore la douceur de sa peau. Un picotement parcourait ses lèvres impatientes de donner ce baiser dont elles avaient été privées au dernier moment.

Prenant une profonde inspiration, Damiàn recula d'un pas. Il s'enorgueillissait de n'avoir qu'une parole. Une fois, déjà, il avait trahi sa promesse. C'était une faute abominable. Recommencer serait indéfendable.

Il était urgent qu'il quitte cette chambre et s'éloigne de la tentation que représentait Mia Caldwell. De nouveau, il fit un pas vers le seuil.

Mia n'avait toujours pas levé la tête. L'abattement qu'exprimait sa posture émut Damiàn jusqu'au tréfonds de son être.

— Mia…, souffla-t-il, je suis *vraiment* désolé. Je me suis laissé emporter par l'attraction que j'éprouve pour toi. Je te promets de garder le contrôle sur mes émotions à l'avenir.

Lorsqu'elle lui répondit, il lui fallut tendre l'oreille pour percevoir ce qu'elle murmurait à peine :

— Et que se passerait-il si je te demandais de perdre le contrôle ?

8.

Mia fit autant honneur au délicieux chili con carne que le lui permettait son estomac affreusement noué, puis elle repoussa son assiette.

Elle avait l'impression que la moindre parcelle de son corps était crispée, hormis son cœur qui continuait à battre à cent à l'heure et faisait des bonds dans sa poitrine à chaque fois qu'elle rencontrait le regard de Damiàn posé sur elle.

— Tu n'aimes pas ça ? lança-t-il de ce ton neutre qu'ils avaient adopté depuis leur échange dans la chambre de Mia.

— C'est excellent, vraiment, répondit-t-elle. C'est juste que je n'ai pas très faim.

De crainte que Damiàn ne lui demande ce qui lui coupait ainsi l'appétit, Mia prit une gorgée du cocktail qu'il avait préparé pour accompagner le repas qu'on leur avait livré.

Surtout, songea-t-elle, il lui fallait prendre garde à ne pas trop boire. Le souvenir de ce qu'elle avait osé dire à Damiàn, dans sa chambre lui donnait envie de rentrer sous terre. Et lorsqu'elle se rappelait la manière dont il l'avait fixée, pendant d'interminables secondes, avant de quitter la pièce, elle était submergée par l'humiliation.

Apparemment, elle n'avait pas besoin d'alcool pour que sa langue agisse en dépit des ordres que lui envoyait son cerveau.

Damiàn se méfiait-il aussi de lui-même ? s'interrogea Mia en constatant qu'il avait à peine touché sa boisson.

— Quand est-ce que tu comptes tester ma connaissance de la villa ? s'enquit-elle, soucieuse de meubler le silence.

N'importe quoi plutôt que laisser trop de place aux émotions se bousculant en elle !

— Pourquoi ne pas commencer dès à présent ? suggéra Damiàn. Où se trouve la chambre d'Emiliano ?

— Aile est. Premier étage. Dernière porte à droite.

— Très bien. Et les appartements de Céleste ?

— Toujours dans l'aile est, mais à l'étage supérieur.

— Parfait. Nous verrons ce qu'il en est du reste de la maison demain. Est-ce que tu commences à te sentir prête ?

Mia haussa les épaules.

— Je suis un peu nerveuse à l'idée de rencontrer ta mère.

— Céleste est une vraie peste, mais elle a le sens de l'hospitalité chevillé au corps. Elle te fera bon accueil.

Mia marqua un temps d'hésitation avant de demander :

— Et Emiliano ?

— C'est avec moi qu'il a des problèmes. Pas avec toi. Il ne te manquera pas de respect.

Si quelqu'un osait seulement ne pas montrer la plus totale politesse envers Mia, cette personne aurait affaire à lui, songea Damiàn. S'il lui fallait se montrer impitoyable, il…

Sentir son instinct protecteur à l'égard de Mia s'emparer de lui avec une telle force lui fit presque peur. Serrant les poings, il repoussa sa chaise de la table. De nouveau, Damiàn éprouvait l'impérieuse nécessité de prendre de la distance avec la jeune comédienne. À bien y réfléchir, il n'y avait rien de surprenant à ce que l'intimité à laquelle les contraignait la situation suscite en lui des désirs inopportuns. Cela aurait été le cas avec n'importe quelle femme. Alors, s'agissant d'une telle beauté – dotée d'un sex-appeal ravageur –, comme l'était Mia, il ne pouvait s'étonner que toutes ses émotions soient exacerbées. Cela ne signifiait rien. Ce n'était qu'une banale réaction physique.

Cependant, Damiàn ne parvenait pas à effacer de son esprit la remarque murmurée par Mia, quelques heures plus tôt. Dans un premier temps, il avait essayé de se convaincre qu'il avait mal entendu. Pourtant, il savait pertinemment que ses oreilles ne l'avaient pas trompé.

L'invitait-elle réellement à reprendre là où il s'était arrêté dans la cabine d'essayage ?

Tout au long de la soirée, Damiàn avait fait son possible pour ne pas laisser ses yeux s'attarder sur Mia. Pour lutter contre la tension qui l'envahissait, il avait une nouvelle fois expliqué comment le week-end allait se dérouler sur un ton qu'il voulait professionnel. Néanmoins, il avait été douloureusement conscient du moindre de ses gestes.

Et puis, il y avait tous ces instants où leurs regards se rencontraient… Où l'attraction qu'ils ressentaient l'un pour l'autre s'imposait comme une vérité incontournable. Toutes les émotions qui faisaient rage en lui, Mia les partageait. Elle le désirait.

Bon sang ! Il était essentiel qu'il dispose de toutes ses capacités de concentration pour le week-end à Monte Cleure. Dans deux jours, seulement, il jouerait son avenir.

Sauf qu'à aucun moment de sa vie Damiàn n'avait éprouvé un tourment pareil à celui qui le taraudait à cette heure. Son sang bouillonnait dans ses veines. Ses reins étaient en feu. Sa poitrine se resserrait puis se desserrait convulsivement.

Il se leva brusquement.

— J'ai quelques coups de fil à passer et ensuite j'irai me coucher, dit-il.

Mia prit son verre, mais ne trempa même pas les lèvres dedans.

— D'accord…, fit-elle. Eh bien, bonne nuit.

— Bonne nuit, *mi vida*. Dors bien.

— Toi aussi.

Une fois seul, Damiàn s'assit à son bureau. Mais, au lieu d'attraper son téléphone, il se prit la tête à deux mains. *Dios*, son cœur battait la chamade.

Une question, posée dans un murmure à peine audible, tournait en boucle dans son esprit, dans un vacarme assourdissant.

Comment allait-il être capable de partager son lit avec Mia, pendant deux nuits, sans perdre la tête ?

Après s'être douchée, lavé les dents et avoir brossé longuement ses cheveux, Mia avait répondu à une dizaine de messages, puis elle s'était mise au lit avec le roman entamé chez elle. Mais son attention dérivait au bout d'un ou deux paragraphes. Elle avait alors cherché le sommeil. En vain. Elle était bien trop sur les nerfs.

Dans deux nuits, elle partagerait le lit de Damiàn Delgado.

Rien qu'à y penser, elle sentait le sang bouillonner dans ses veines.

Repoussant les couvertures, Mia décida d'aller boire. Toute cette fébrilité lui donnait soif. Avec mille précautions, elle quitta sa chambre, s'enfilant dans le couloir sur la pointe des pieds.

Dans la cuisine, elle but un verre de lait qu'elle était occupée à rincer lorsqu'une très étrange sensation fit courir un frisson le long de son épine dorsale.

Pendant une fraction de seconde, tout en elle se figea. Posant le verre dans l'égouttoir, Mia pivota lentement sur ses talons.

Clouée au sol, la bouche soudain sèche, elle ne put faire autre chose que fixer l'image même de la perfection faite homme, apparue comme un spectre sur le seuil, à quelques pas. Appuyé au chambranle, Damiàn était seulement vêtu d'un boxer-short noir posé à la pointe des hanches.

Mia sentit de la lave en fusion couler au tréfonds de son être. Un soupir franchit ses lèvres.

Si elle avait toujours pensé que ses vêtements de prix mettaient en valeur le physique de Damiàn, elle découvrait qu'ils ne lui rendaient pas justice. Car elle contemplait un corps bâti à merveille, puissant, athlétique, et incroyablement viril. Un fin duvet brun couvrait son torse couleur bronze, s'épaississant en pointe au-dessous du nombril.

Leurs regards se vrillèrent l'un à l'autre. Damiàn, lui aussi, semblait cloué au sol.

Les ondes de chaleur qui parcouraient tout le corps de Mia se propagèrent jusqu'à son cerveau. C'était à peine si elle parvenait à respirer. Une étrange faiblesse s'était emparée de ses membres.

Combien de temps ils demeurèrent ainsi, elle n'aurait su le dire. Cela aurait pu être des secondes ou des heures.

Elle déglutit pour desserrer sa gorge.

— Désolée…, dit-elle. Je t'ai réveillé ?

Il fit non de la tête, avec la même lenteur qu'elle en avait mis à pivoter sur place.

Une nouvelle fois Mia déglutit.

— Je ferais mieux de retourner me coucher, ajouta-t-elle.

Était-ce vraiment de sa gorge que sortait cette voix éraillée ? Elle ne la reconnaissait pas.

Damiàn ne dit rien, se contentant de la fixer obstinément.

Les jambes de Mia étaient tellement lourdes qu'elle se demanda comment elle parvenait à mettre un pied devant l'autre. Plus elle se rapprochait de Damiàn, plus son cœur faisait un vacarme assourdissant dans sa poitrine.

Lorsqu'elle ne fut plus qu'à quatre pas de lui, il cligna des paupières, rompant le charme qui les englobait tous les deux. Prenant une longue inspiration, il s'effaça pour la laisser passer sans que leurs corps se frôlent.

Lentement, Mia avança d'un pas, puis d'un autre…

Elle était presque à la hauteur de Damiàn quand un bras musclé se tendit en travers de son chemin et qu'une large main se plaqua sur l'autre montant du chambranle.

Le souffle coupé, Mia fixa le bras qui empêchait son passage. Elle entendait la respiration de Damiàn, profonde, saccadée.

Levant les yeux vers lui, elle vit une fournaise dans les siens. Ses mâchoires étaient crispées, ses lèvres pincées, ses narines palpitantes. Les mouvements de sa poitrine s'accélérèrent.

Le sortilège resta suspendu un instant au-dessus de leurs têtes.

— Vas-y, lâcha Damiàn en laissant retomber son bras.

Mais les jambes de Mia ne lui obéissaient plus. Ses yeux refusaient de se détacher du regard de braise.

Aussi immobile qu'une statue de pierre, Damiàn n'osait pas bouger d'un iota. Les vibrations émanant de l'épiderme de Mia étaient comme un courant magnétique. Son frais parfum l'enveloppait tout entier. Un seul mouvement, et c'était prendre le risque que leurs corps ne se touchent.

Il n'aurait pas dû quitter son lit. Mais, lorsqu'il avait entendu le bruit léger de la porte, Damiàn s'était levé comme un homme envoûté.

Si au moins il avait pu se persuader que c'était la vision de la courte chemise de nuit qui le clouait à l'entrée de la cuisine. Hélas, ce serait mentir ! Il serait resté planté là quand bien même Mia aurait été habillée de pied en cap. C'était sa personne tout entière qui le subjuguait. Ce qu'elle était. Sa beauté. Son intelligence. Son mystère.

Des doigts fins vinrent enserrer son poing noué. Leur chaleur fit monter en lui un irrépressible frisson. Damiàn desserra la main, et celle de Mia s'y glissa.

Elle levait vers lui de grands yeux écarquillés. Il vit les mouvements convulsifs de sa gorge. Leurs visages se rapprochèrent. Les seins ronds et fermes effleurèrent ses pectoraux. Était-ce lui qui s'était incliné vers elle ? Ou était-ce l'inverse ?

Damiàn sentit quelque chose céder brusquement en lui. Laissant échapper un grognement sourd, il entoura d'un bras ferme la taille mince de Mia, puis il fondit sur sa bouche.

Un instant, le choc les garda figés, lèvres closes, avant qu'elles ne s'entrouvrent comme s'épanouissent les pétales d'une rose. Alors, il plaqua Mia contre le mur, et leur baiser se fit dévorant, furieux. Leurs poitrines écrasées l'une contre l'autre, leurs deux bassins étroitement soudés, ils laissaient libre cours au désir.

Ce désir que Damiàn avait contenu trop longtemps.

Jamais une femme ne s'était livrée à lui avec cette folle

passion. Mia avait noué les bras autour de son cou, et de ses ongles elle lui labourait la nuque, le crâne. Ses baisers, ses gestes, avaient la même urgence que celle qu'il éprouvait.

Dans la brume envahissant son esprit, la promesse que Damiàn avait faite, se rappela à lui. Une nouvelle fois, il était incapable de la tenir. S'arrachant à la bouche de Mia, il lui agrippa les poignets, lui relevant les bras au-dessus de la tête, contre le mur.

— Mia... *Dios*, lâcha-t-il d'une voix haletante. Je t'ai donné ma parole de...

Elle ne le laissa pas finir :

— Je ne t'ai jamais demandé rien de tel...

Dégageant ses poignets, Mia renoua les bras autour du cou de Damiàn, l'attirant à elle pour lui offrir ses lèvres. Elle dévora les siennes avec une faim sauvage qu'il n'avait connue chez aucune autre femme. C'était tellement plus exaltant que toutes ses expériences passées, que tout ce dont il avait rêvé dans ses fantasmes les plus fous.

Ce baiser fit comprendre à Damiàn qu'il avait bel et bien perdu la partie.

Il empauma la rondeur d'une fesse, enfonçant les doigts dans la chair délectable. *Dios*, la peau brûlante de Mia avait la douceur du satin !

Elle ne montra pas une seconde d'hésitation avant de se hisser dans ses bras pour nouer les jambes autour de ses hanches, aussi aisément que s'ils avaient fait cela maintes et maintes fois.

Sans que leurs bouches se détachent l'une de l'autre, il l'emporta jusqu'à sa chambre – elle ne pesait pas davantage qu'une plume –, et il fallut qu'il se retienne pour la déposer délicatement sur le lit, et non s'y jeter avec elle. Mia continuait à se cramponner à sa taille comme si elle craignait qu'il ne fasse machine arrière.

Ensemble, ils la débarrassèrent de sa chemise de nuit, puis ils se plaquèrent l'un à l'autre, peau contre peau cette fois-ci, ce qui eut pour effet de faire grimper de quelques degrés la fièvre baignant la chair de Damiàn. Jamais il n'avait été ainsi taraudé par le besoin impérieux de prendre une femme. Mais il était tout aussi désireux d'explorer ce corps souple, d'en caresser et goûter la moindre parcelle, de découvrir tous les secrets de sa sensualité.

Abandonnant les douces lèvres en feu, Damiàn enfouit son visage dans le cou de Mia, inhalant le doux parfum de sa peau, puis il déposa une pluie de baisers jusqu'à ses seins.

Hermosa ! eut-il à peine le temps de s'extasier en son for intérieur, avant de refermer sa bouche sur un mamelon rose contracté par le désir.

Oui, Mia était indiciblement belle. Parfaite.

Bien souvent, Mia avait imaginé de tels moments. Sauf que la réalité dépassait largement tous ses fantasmes.

Avec une impatience possessive, Damiàn léchait, suçait, mordait sa chair, tandis que ses doigts exploraient, palpaient, caressaient. Chacun de ses gestes ne faisait qu'alimenter le brasier qui dévorait Mia.

Elle s'était figuré que paraître nue devant lui serait source de gêne et qu'elle serait paralysée par la timidité, sauf que la passion impudique avec laquelle il l'admirait balayait toutes ses appréhensions. Mia était transportée en voyant Damiàn se repaître du festin qu'elle lui offrait. Elle se délectait du plaisir qui montait en elle, vague après vague. Elle triomphait en voyant l'impatience fébrile des gestes de Damiàn, comme s'il craignait de la voir se volatiliser avant qu'il n'ait le temps de savourer la moindre parcelle de son corps.

Le fauve qui se dissimulait derrière la façade d'impassibilité et de maîtrise s'était libéré. Pour elle, il avait brisé ses chaînes. C'était une sensation divine.

Elle le sentit effleurer sa hanche de ses dents, avant qu'il ne les referme sur l'élastique de sa culotte, tirant pour la faire descendre le long de ses jambes, afin d'exposer à son regard la fleur de sa féminité.

Ce fut seulement lorsqu'il avança son visage entre ses cuisses que Mia fut assaillie par le doute. Mais le feulement de satisfaction que Damiàn laissa échapper eut tôt fait de faire taire son inquiétude.

Elle s'ouvrit à lui comme une fleur fraîche éclose. Et, lorsque sa langue experte vint titiller le bouton qui commandait à tous ses nerfs, Mia fut submergée par les sensations les plus grisantes.

Gémissante, elle se cramponna à la tête de lit en métal et ferma les yeux. Comment imaginer que de telles délices existent ? Ce que Damiàn lui faisait ressentir s'amplifiait de seconde en seconde, l'emportant de plus en plus haut, jusqu'à ce que le martèlement concentré au cœur de son intimité n'atteigne son paroxysme et qu'elle soit projetée à des hauteurs stratosphériques. Elle s'efforça de retenir les sensations fulgurantes qui la chaviraient aussi longtemps que possible. Avant l'inévitable descente, et le retour sur terre.

Lorsqu'elle finit par ouvrir les paupières, pantelante, Mia rencontra le regard d'obsidienne braqué sur elle.

Avec une plainte sourde, Damiàn traça de la pointe de sa langue un sillon de feu qui remonta jusqu'à sa poitrine, avant qu'il ne vienne couvrir son corps du sien. Pour la première fois, elle sentit la puissance de son érection contre son ventre. Mia n'eut pas le temps d'éprouver ne serait-ce qu'un frisson d'appréhension, car il avait repris sa bouche avec une telle passion que les derniers vestiges de sa raison s'envolèrent.

Ce qu'il y avait en elle de charnel – emprisonné au tréfonds de son être sans même qu'elle n'en ait conscience – était enfin délivré.

Damiàn se mit en appui sur ses coudes et il la contempla un instant, tel le loup jetant un dernier regard sur sa proie avant le festin. Puis, de nouveau, il s'empara de ses lèvres avec une ardeur qui coupa le souffle à Mia. Soudain, il s'écarta pour chuchoter quelque chose d'inintelligible à son oreille. Ce fut seulement quand il tendit la main vers la table de nuit pour y prendre un petit étui en papier d'aluminium, que Mia compris qu'il avait soufflé le mot « protection ».Gardant le silence, elle le regarda déchirer l'enveloppe avec ses dents, puis gainer son sexe tendu, avant qu'il ne revienne s'allonger sur elle. Une grande main se glissa sous ses fesses pour lui soulever le bassin. Enfin Damiàn se mit en place et elle sentit toute la force de sa virilité venir flirter avec son entrejambe.

Au plus profond de son esprit embrumé par l'ivresse du désir, Mia entendit une petite voix murmurer une mise en garde. Elle tourna la tête, pour échapper au baiser que Damiàn allait lui donner, et elle lui susurra à l'oreille, d'une voix hachée :

— Fais doucement, d'accord ?

Doucement ? Damiàn était en train de vivre l'expérience la plus divinement érotique de toute sa vie.

Jamais il n'avait éprouvé pareil besoin de plonger aussi profondément dans une femme. Jamais ses sens n'avaient été, comme cela, envahis par l'essence même d'un autre être. Sur la langue, il avait encore la saveur de Mia. Son odeur titillait ses narines à chaque fois qu'il respirait. Les gémissements qui s'échappaient des lèvres carmin, gonflées par les baisers, résonnaient délicieusement à ses oreilles. La caresse des mains délicates laissait des traînées incandescentes sur sa peau…

Si céder à l'attraction que lui inspirait Mia signifiait perdre la partie, alors il n'avait aucun regret : cela valait amplement la peine. Comment un épisode aussi paradisiaque ne mériterait-il pas d'être vécu ?

Mâchoires crispées, Damiàn s'insinua précautionneusement dans la chaude moiteur qui n'attendait que lui. Le soulagement qu'il ressentait à être enfin accueilli dans la touffeur de ce cœur brûlant, à l'inconcevable étroitesse – *Dios*, comme elle était étroite ! – lui arracha une plainte gutturale. Ce fut alors qu'il entendit Mia retenir brusquement son souffle.

Damiàn était tellement enivré de désir qu'il lui fallut quelques secondes avant de réaliser ce qui était en train de se passer. Soudain la tête lui tourna, et ce lui fut un réel effort que de se mettre en appui sur un coude pour voir le visage de Mia. Elle était écarlate, les yeux brillants, pupilles dilatées.

— Continue…, je…, je t'en prie…, bredouilla-t-elle.

Comme si elle craignait qu'il ne se retire, elle resserra les jambes autour de sa taille.

— S'il te plaît…, gémit-elle. Je ne veux pas que tu arrêtes… J'ai trop envie de toi…

Pendant une fraction de seconde, Damiàn fut sous le choc en comprenant de quoi il en retournait. Il fut à deux doigts de se lever pour aller prendre une douche glacée. N'était-ce pas la seule conduite à tenir ? Sauf que cette intention se dilua dans la passion torride que Mia insuffla au baiser qu'elle lui donna alors. Le désir qui s'y exprimait ralluma instantanément l'incendie qui dévorait Damiàn.

Dios, comme il la désirait !

Serrant les dents, il se concentra pour garder le contrôle. Les muscles internes de Mia se contractaient convulsivement, l'attirant plus profondément en elle. Et, tandis que résonnaient en lui les gémissements qu'elle laissait échapper, Damiàn ne put que reconnaître son intense satisfaction à découvrir que personne avant lui n'avait conduit Mia sur ces chemins.

Ainsi, songea Mia, c'était là ce pour quoi elle était venue au monde ! Une brève douleur, à peine ressentie dans le tumulte des sensations qui la submergeaient, et maintenant *cela*. Les voluptés auxquelles Damiàn l'avait initiée avec sa bouche – et dont elle avait cru que c'était le paroxysme du plaisir – n'étaient jamais que des prémices.

À sentir le poids de son grand corps sur elle, tandis qu'il allait et venait entre ses reins, à éprouver la sensation de plénitude que lui donnait sa présence en elle, Mia ne pouvait faire autrement qu'onduler sous Damiàn, arquant le dos à sa rencontre, la bouche soudée à son cou, inhalant éperdument le musc épicé de son odeur virile jusqu'à ce qu'elle en soit saturée aussi totalement qu'il l'emplissait.

Elle aurait voulu que cela ne finisse jamais, ces sensations incroyables, cette merveilleuse proximité.

Les assauts de Damiàn devenaient de plus en plus impérieux, ses gémissements se faisaient plus rauques, et Mia se cramponna à lui, jusqu'à ce que la boule de feu qui embrasait son ventre explose en un millier d'étincelles.

Criant le nom de son amant, elle s'abandonna aux spasmes brûlants qui se propageaient en cascade dans tout son corps, la propulsant par-delà les étoiles.

Elle flottait dans l'immensité sidérale, lorsqu'elle entendit vaguement son prénom psalmodié contre son cou. Alors, secoué de violents frissons, Damiàn atteignit l'orgasme à son tour.

9.

Damiàn releva la tête pour plonger son regard dans les magnifiques yeux bleus qui l'avaient fasciné dès sa rencontre avec Mia. Ce qu'il put y lire était l'image exacte de ce que lui-même ressentait. Une merveilleuse béatitude. Sur l'oreiller, la chevelure dorée s'étalait comme un soleil.

Il déposa un très doux baiser sur ses lèvres.

— Il faut que je retire le préservatif, murmura-t-il.

Mia soupira et lui passa la main dans les cheveux.

— Je reviens tout de suite, promit-il.

Pour la première fois de sa vie, Damiàn n'avait nulle envie de bouger. Rompre le lien qui les connectait l'un à l'autre relevait presque du supplice.

Dans la solitude de la salle de bains, il prit le temps de se composer une façade, s'aspergeant le visage d'eau froide et inspirant profondément à plusieurs reprises.

Ce qui venait d'advenir était une bonne chose, décida-t-il. Au fond, faire l'amour à Mia lui permettrait certainement d'avoir raison du désordre de sentiments qu'elle provoquait en lui. Or, c'était d'autant plus indispensable qu'ils n'allaient pas tarder à se lancer dans la quête des documents.

Malheureusement, lorsque Damiàn revint dans la chambre pour y trouver Mia adossée à la tête de lit, serrant le drap contre sa poitrine, il ne put que constater que son cœur reprenait sa cavalcade effrénée.

Deux taches de couleur marquaient les pommettes de Mia, et ce fut d'une voix voilée qu'elle demanda :

— Est-ce que tu veux que je retourne dans ma chambre ?

Damiàn déglutit avec peine.

— Non ! s'exclama-t-il.

Dios ! Il avait trop besoin de la prendre dans ses bras à nouveau.

— Ça va ? questionna-t-il.

Mia mordilla sa lèvre inférieure.

— Oui…, je crois…, répondit-elle.

— Je suis désolé que…

— Tu n'as pas à l'être. Nous le voulions tous les deux.

À la grande surprise de Damiàn, entendre Mia dire cela réveilla sa virilité.

— Pourquoi ne m'as-tu rien dit ? questionna-t-il.

Mia couvrit ses joues enflammées de ses deux mains.

— J'espérais que tu ne t'en rendrais pas compte, confia-t-elle d'une voix étouffée.

S'asseyant sur le lit, Damiàn lui prit les mains pour les écarter de son visage, les gardant dans les siennes.

— Cela aurait pu être le cas, dit-il. Je n'avais jamais dépucelé une femme avant toi.

— Quelle horrible expression !

— Pardonne-moi, *mi vida.* Je ne maîtrise pas la langue de Shakespeare comme toi. Mais il semble que tu maîtrises également l'art d'éluder les questions qui te dérangent.

— Comment cela ?

— Tu ne m'as toujours pas dit pourquoi tu m'avais caché être vierge.

— Ce n'est pas le genre de chose que l'on déclare entre la poire et le fromage.

— Certes. Néanmoins cela devient une information essentielle si l'on prévoit de coucher avec quelqu'un.

— Je n'avais prévu rien de tel, avant que cela n'arrive.

C'était certainement vrai, songea Damiàn. L'un comme l'autre avait cédé à une pulsion irrépressible. Or, pour autant qu'il se reproche d'avoir été incapable de résister à la tentation incarnée par Mia, il ne parvenait pas à éprouver le moindre regret.

— Ce qui n'explique rien, insista-t-il. Il est quand même rare, à notre époque, qu'une jeune femme de vingt-quatre ans soit encore vierge.

— Ne t'inquiète pas ! s'exclama Mia d'une voix étonnamment haut perchée. Je ne me *gardais* pas pour l'homme de ma vie. Ne t'attends pas à ce que je te demande de me passer la bague au doigt.

— Cette idée ne m'a jamais traversé l'esprit.

Tout au moins, se rembrunit Damiàn, pas jusqu'à ce que Mia ne la formule…

— Il vaut mieux ! Cela ne marcherait pas entre toi et moi !

— Mia… ! Cesse de tourner autour du pot ! Je suppose que si tu as attendu aussi longtemps, c'était quand même parce que tu voyais dans ce moment quelque chose de spécial.

— Je n'attendais rien du tout. C'est juste que je ne voyais pas pourquoi j'aurais dû avoir ma première expérience avec quelque idiot qui n'aurait cherché qu'une aventure d'un soir.

Prenant Mia par le menton, Damiàn lui fit lever le visage vers lui.

— Tu es belle et sexy, dit-il. Connaissant ton histoire, je n'aurais pas imaginé une seconde que tu sois encore vierge.

Mia fronça les sourcils.

— Que veux-tu dire ?

Cette fois, c'était au tour de Damiàn d'être confus.

— Je…, je parle de ton passé, *mi vida*, bredouilla-t-il, au comble de l'embarras.

Il vit les yeux bleus s'arrondir, envahis par l'anxiété.

— Ce que je veux dire, expliqua-t-il, c'est que les jeunes qui se droguent en viennent souvent à considérer le sexe comme une simple marchandise…

— Et d'où te viennent pareilles connaissances sur le sujet ?

D'un geste brusque de la tête, Mia échappa à son emprise, se reculant contre la tête de lit.

— La sœur d'un de mes amis est morte d'overdose quand elle n'était encore qu'adolescente, exposa Damiàn. Il a créé une fondation pour venir en aide aux jeunes droguées. J'ai souvent participé aux réunions qu'il organisait pour lever les fonds. Donc, j'en sais un peu plus que tu ne l'imagines. Et je ne porte pas de jugement. Je me contente de rapporter des faits, tels qu'ils m'ont été présentés.

Est-ce qu'Amy avait échangé des faveurs sexuelles contre de la drogue ? se demanda Mia. Pour bien des raisons, cela lui semblait peu probable. Néanmoins, elle ne se risquerait pas à questionner sa sœur. Sept années avaient passé, et Amy était désormais parfaitement bien dans sa peau. Il était tout à fait inutile de remuer des souffrances anciennes.

Damiàn avait dû voir l'ombre de ces interrogations passer sur son visage, car il fronça les sourcils.

— Y a-t-il quelque chose que tu ne me dis pas ? s'enquit-il.

Mia pinça les lèvres.

Il lui prit le visage entre les mains.

— Parle-moi, insista-t-il, appuyant son front au sien.

Comme ce contact était le plus naturel qui soit ! se dit-elle. Comme cela lui semblait parfaitement juste !

— Je ne peux pas, murmura-t-elle.

— Pourquoi ?

— C'est un secret. Je n'ai pas le droit de le révéler.

Se reculant légèrement, Damiàn plongea son regard sombre dans celui de Mia. Elle vit passer une myriade d'émotions dans les profondeurs d'obsidienne. Soudain, il cligna des paupières, et son expression s'adoucit.

— Ce n'était pas toi, n'est-ce pas ? observa-t-il.

Au plus profond de son âme, Mia sentit se défaire un nœud dont elle ignorait jusqu'à l'existence. Elle n'eut conscience des larmes emplissant ses yeux, que lorsqu'elle les sentit couler sur ses joues.

— C'était ta sœur ? lança Damiàn.

En voyant le petit visage chiffonné, il comprit qu'il avait deviné juste.

Mia referma les mains sur les siennes et soutint son regard.

— Tu n'en parleras jamais à personne ? fit-elle. Promis ?

Damiàn exhala un long soupir, secouant la tête.

— Je te donne ma parole, souffla-t-il.

Elle ferma les paupières, inhalant profondément par le nez. Leurs mains retombèrent sur les genoux de Mia, et leurs doigts se nouèrent. Puis, elle commença son récit :

— À la mort de papa, tout s'est effondré. Maman s'est complètement murée dans le chagrin. Il a même fallu l'interner quelque temps. Moi, j'ai trouvé refuge dans le théâtre. Cela m'a sauvée, mais Amy…

Elle s'interrompit pour prendre une inspiration avant d'enchaîner :

— Amy n'avait que treize ans. La mort de papa lui a fait complètement perdre les pédales. Elle a été arrêtée si souvent que j'ai perdu le compte du nombre de fois. Pour bagarre, détention de cannabis, vol à l'étalage…

Le regard de Mia se perdit dans le vague, et elle ôta une main d'entre celles de Damiàn pour relever une mèche blonde tombant en travers de son visage.

— Environ dix-huit mois après le décès de notre père, reprit-elle, Amy a volé une voiture et s'est écrasée contre un mur. Heureusement, personne n'a été blessé. Néanmoins, elle est passée devant un juge pour enfants. Il a déclaré que s'il la revoyait, elle écoperait d'une peine de prison. Cela a servi d'électrochoc pour ma mère, et pour Amy également. Elle a accepté de voir un psy.

Mia essuya les pleurs qui coulaient sur son visage. Le menton tremblant, elle poursuivit :

— Cela l'a vraiment aidée. Nous avons commencé à retrouver celle qu'elle était avant. Elle avait même rompu avec son boy-friend d'alors. Un garçon très toxique pour elle. Malheureusement, quelques mois après l'avertissement du juge, je les ai surpris Amy et lui, à l'entrée du lycée, un matin. Ils se disputaient. J'ai voulu m'interposer, mais ce voyou s'est enfui, et Amy n'a rien voulu me raconter. Le même jour, tous les élèves ont été réunis dans le hall, et le proviseur a annoncé une fouille en règle des casiers.

Marquant une pause, Mia baissa la tête. Manifestement, elle était encore sous le coup de ces événements.

— J'ai vu qu'Amy était paniquée, expliqua-t-elle. Je me suis souvenue qu'après la dispute avec son ex, elle tenait un sac qu'elle n'avait pas en quittant la maison. J'ai tout de suite compris.

— Et tu t'es arrangée pour récupérer ce sac dans son casier, c'est cela ?

Damiàn visualisait pratiquement Mia en train de le faire.

Elle hocha la tête.

— Oui. Quand Mia avait commencé à se droguer, j'avais subtilisé sa deuxième clé de casier pour garder un œil sur ce qu'elle y conservait. Ce jour-là, même si nous étions consignés dans le hall, j'ai demandé à l'une des enseignantes de m'autoriser à aller aux toilettes. J'ai couru au casier d'Amy, mais on m'a surprise au moment où j'en sortais le sac. Il contenait suffisamment de cannabis pour alimenter tout le lycée. Ainsi que le matériel nécessaire pour dealer.

— Mais, enfin, il devait être clair que cela ne t'appartenait pas, non ?

— Bien sûr, *tout le monde* savait ! Même la police, lorsqu'ils sont venus m'arrêter. Personne n'ignorait que je couvrais ma sœur. J'ai refusé de démordre de ma culpabilité.

— Et ta sœur n'a rien dit ?

Damiàn était outré par un tel égoïsme. Comment l'adolescente avait-elle pu accepter que son aînée paye à sa place ?

— Elle m'a suppliée de la laisser se dénoncer, mais je n'ai rien voulu savoir. Elle commençait tout juste à aller un peu mieux. Si elle avait été reconnue coupable, elle partait directement en prison. Sa vie était fichue. C'était mon rôle de la protéger. Et puis, je savais qu'étant mineure et n'ayant jamais eu de problème avec la loi, je ne risquais probablement pas l'incarcération. J'avais raison : j'ai seulement écopé d'une peine de travaux d'intérêt général.

C'était à peine si Damiàn en croyait ses oreilles.

— Inimaginable ! s'indigna-t-il. Tu as joué ton avenir sur une simple probabilité !

— Amy était innocente. C'était son ex-copain qui avait tout manigancé pour se venger d'avoir été plaqué.

— Et ta mère a cautionné cela ?

— Elle allait très mal. Qu'Amy aille en prison l'aurait achevée. Je l'ai convaincue que ma solution était la meilleure.

— Pour tout le monde, sauf pour toi.

Mia s'écarta davantage de Damiàn. Son petit visage chiffonné était bouleversant.

— Tu ne comprends pas, fit-elle. Je ne pouvais pas supporter que ma mère et ma sœur soient définitivement anéanties par les conséquences de la mort de mon père. J'ai bien fait d'agir comme je l'ai fait, et je recommencerais si c'était nécessaire.

— Tu n'es pas sérieuse ?

— Oh ! si ! Aujourd'hui, tout est rentré dans l'ordre. Ma mère s'est rétablie, et Amy vient d'être reçue au concours d'infirmière. Si elle avait fait de la prison, cela aurait été impossible. Or, elle adore son métier.

— Et toi ? *Mi vida*, tu pourrais être une star à Broadway, et tu dis toi-même que ton passé t'empêchera toujours d'obtenir un visa. Là-bas, tu gagnerais des fortunes !

Le regard que Mia lança à Damiàn étincelait de défi.

— Ma sœur et ma mère comptent bien plus, siffla-t-elle entre ses dents. Et je préfère être pauvre que d'avoir à me demander si mon entourage ne m'apprécie que pour mon argent. Tout comme je ne supporterais pas d'être en guerre avec ma sœur, ou de devoir prendre rendez-vous pour voir ma mère. Tu peux garder ta richesse et tes jugements !

Se levant d'un bond, Mia ramassa sa chemise de nuit et l'enfila.

— Qu'est-ce que tu fais ? s'exclama Damiàn.

— Je retourne dans ma chambre. Bonne nuit, monsieur Delgado. Dormez bien !

Si le regard de Mia, quelques instants auparavant, débordait de désir, maintenant il lançait des éclairs de colère.

Elle sortit en claquant la porte.

Mia remonta la couette jusque sous son menton et serra les paupières. Elle avait assez pleuré comme cela !

Comment avait-elle pu croire que Damiàn comprendrait ? Il avait toujours mené une vie protégée. Que connaissait-il du malheur ? À peine six mois après le décès de son propre père, tout ce qui le préoccupait c'était de récupérer son fichu testament. Et il se moquait bien d'être à couteaux tirés avec son aîné. La famille et l'amour pour ses proches ne signifiaient rien pour lui.

Un léger bruit, dans le couloir, fit dresser l'oreille à Mia. Elle n'eut pas le temps de se demander de quoi il s'agissait, que déjà la porte s'ouvrait à la volée. L'imposante silhouette de Damiàn s'encadra dans le chambranle.

— Qu'est-ce qu'il te prend de t'enfuir ? tonna-t-il.

— Sors d'ici !

— Pas question.

Mia se pelotonna sous la couette. Elle sentit le lit bouger. Nullement découragé par sa désapprobation, Damiàn était venu s'allonger à côté d'elle.

— Je n'ai pas exprimé le moindre jugement, dit-il.

— Oh ! si !

Pendant quelques instants, tout ce que Mia entendit fut la respiration de Damiàn. Il devait réfléchir à ce qu'il allait dire, songea-t-elle.

Comment un individu aussi soucieux de ne jamais perdre le contrôle – au point de peser tous ces mots – était-il capable de la passion qu'il avait manifestée plus tôt ? Elle n'aurait jamais imaginé que ce soit possible, si elle n'en avait fait l'expérience.

À seulement se remémorer ces moments, elle sentit des picotements courir sur sa peau. Un frémissement se propagea à son abdomen, et elle serra étroitement les cuisses pour le juguler. Qu'elle éprouve un tel désir pour un homme aussi insensible, voilà qui dépassait l'entendement !

Sauf qu'il aurait été difficile de le taxer de froideur lorsque…

Quant au ton de sa voix, quand il reprit la parole, il n'avait rien d'indifférent.

— Si je t'ai donné l'impression de porter un jugement, dit-il, c'est parce que j'étais déconcerté d'apprendre que tu t'étais volontairement sacrifiée. C'est seulement sur ce point que j'ai manifesté un désaccord.

Au fond d'elle-même, Mia se devait d'admettre que voir Damiàn prendre ainsi sa défense lui avait fait incroyablement chaud au cœur.

Il faisait une chaleur suffocante sous la couette, et elle l'écarta un peu afin de respirer.

— Je suis désolée de m'être emportée, dit-elle. C'est juste que j'ai tendance à me montrer très protectrice quand il s'agit de ma famille.

— C'est ce qu'il m'avait semblé, effectivement.

Mia se tourna vers Damiàn. À rencontrer le beau regard d'obsidienne, son cœur se gonfla.

— Et puis, souffla-t-elle, j'avoue que je suis un peu bouleversée par le fait que nous…

— Que nous ayons fait l'amour ?

Était-ce vraiment de cela qu'il s'agissait ? s'étonna-t-elle i*n petto*. Avaient-ils… *fait l'amour* ?

Cela y ressemblait fichtrement. C'était… C'était tout simplement… merveilleux !

— Je n'avais jamais imaginé ma première expérience, dit-elle, avec quelqu'un dont je sais pertinemment qu'il ne peut m'offrir aucun avenir.

Damiàn fit descendre un peu plus la couette sur l'épaule de Mia.

— Tu regrettes ? questionna-t-il.

— Pas le moins du monde.

Changeant de position, Mia fixa le plafond.

— À vrai dire, je n'avais jamais pensé que je me sentirais aussi différente, après..., ajouta-t-elle d'un ton pensif.

— Comment cela, différente ?

— Je ne sais pas. Différente, c'est tout.

— Mais de manière positive, ou négative ?

— Je ne sais pas...

La main de Damiàn se glissa sous la couette et vint se poser sur son ventre. Les fourmillements qui parcouraient Mia s'intensifièrent. Elle serra les paupières dans l'espoir de combattre la sensation, mais sans résultat.

Damiàn approcha la bouche de son oreille, et la douce chaleur de son haleine caressa délicieusement son épiderme ultrasensible. Ce fut d'une voix cajoleuse qu'il lui souffla ;

— Si tu veux que je te présente des excuses pour ne pas t'avoir pas comprise, je suis tout disposé à cela.

— Inutile de t'excuser ! Tu n'en penses pas un traître mot !

Il lui embrassa le lobe de l'oreille.

— Même si c'est dans l'espoir que tu cesses de m'en vouloir ?

— Tu cherches seulement à revenir dans mes bonnes grâces pour que je ne gâche pas le week-end.

Avec une agilité surprenante pour cette grande carcasse, Damiàn roula sur elle avant même que Mia ne sache ce qu'il lui arrivait. Il posa sur elle un regard avide, presque carnassier.

— Non, *mi vida*, susurra-t-il, je cherche à rentrer dans tes bonnes grâces parce que j'ai envie d'embrasser ta poitrine.

Mia s'efforça à un regard réprobateur, mais en vain. C'était impossible. *Damiàn* était impossible.

Alors, tandis que les lèvres brûlantes déposaient une pluie de baisers le long de son cou, puis reprenaient possession de ses seins, elle ferma les yeux et se laissa emporter par les sensations enivrantes que lui seul savait éveiller en elle. Pour aussi impossible que cela paraisse.

10.

La minuscule principauté de Monte Cleure, lieu de séjour favori des grandes fortunes, était bien davantage que Mia ne se l'était figuré. Le trajet en voiture, au long de ses avenues à l'impeccable propreté, était une incursion dans l'univers des super riches. La foule se pressant dans les boutiques et cafés resplendissait de l'éclat des bijoux en or et diamants ornant cous et poignets. La Méditerranée scintillait sous le soleil aveuglant. Avec moins d'éclat, cependant, que les yachts gigantesques ancrés dans le port.

Après un bref trajet à travers une campagne verdoyante, Damiàn annonça :

— Nous y sommes.

Mia plissa les yeux, puis sa bouche s'ouvrit.

Elle avait beau avoir visionné de multiples vidéos sur la villa, elle ne s'attendait pas à ce qu'elle distinguait derrière un épais rideau d'arbres. Pour une demeure bâtie environ une trentaine d'années auparavant, l'ensemble avait la fierté d'un château italien érigé dans les siècles passés.

Devant l'immense portail métallique, une troupe de paparazzis se pressait.

— Rapproche-toi de moi, murmura Damiàn, en lui pressant la main.

Depuis l'instant où ils avaient quitté le *penthouse*, et pendant tout le voyage, leurs doigts étaient restés enlacés.

Faisant comme il le lui disait, Mia vint poser la tête sur son épaule – ce qui n'avait rien d'une épreuve, à vrai dire. Lorsqu'il l'entoura d'un bras vigoureux, elle se lova plus étroitement contre lui, inhalant avec bonheur son délicieux parfum.

Les flashs crépitèrent tandis que le chauffeur attendait l'ouverture du portail. Puis, ce fut le crissement du gravier sous les pneus de la limousine.

Obnubilée par la villa, Mia vit à peine le parc qu'ils traversaient. La bâtisse disposée en U, aux murs jaune pâle et au toit de tuiles, était ornée d'arches et piliers à profusion. À travers l'épaisseur des frondaisons alentour, on percevait les toits ocre des nombreuses dépendances. Pour avoir étudié de près les plans de la maison principale, Mia savait qu'elle comprenait vingt et une suites de luxe.

Les jardins regorgeaient de fleurs multicolores, constituant un écrin pour la multitude de statues et de fontaines.

La limousine s'arrêta.

— Tu es prête ? s'enquit Damiàn.

Elle soutint son regard, puis hocha la tête. En son for intérieur, Mia était morte de peur. Jusqu'à cet instant, la fortune de Damiàn était restée, à ses yeux, complètement théorique. Même si le fait que son *penthouse* ne laisse rien ignorer des moyens dont il disposait, ce qu'elle contemplait était d'une tout autre nature. Ce genre de résidence était à même d'abriter une famille royale.

À n'en pas douter, le prince de la dynastie Delgado ramenait une bergère au palais pour la présenter à la reine.

Damiàn vit l'appréhension se peindre sur le visage de Mia, et il pressa sa main une nouvelle fois.

— Tu n'as rien à craindre, *mi vida*, lui assura-t-il à mi-voix. Les membres de ma famille sont faits de chair et d'os, tout comme toi.

Il la vit déglutir.

— Tu resteras avec moi, n'est-ce pas ? interrogea-t-elle.

Portant la main délicate à ses lèvres, Damiàn déposa un baiser sur chaque jointure et répondit :

— Sois tranquille ! Je ne te perdrai jamais de vue.

Pourtant, si Mia n'avait pas cramponné sa main avec une telle force, il aurait pris pour argent comptant la décontraction avec laquelle elle grimpait les marches du perron à ses côtés.

Didier, majordome de ses parents depuis la construction de la villa, les accueillit dans le hall d'entrée.

— Madame votre mère est occupée, dit-il. Elle vous rejoindra pour le déjeuner.

L'homme regarda la montre à son poignet, puis ajouta :

— Il sera servi près de la piscine, dans une heure et seize minutes exactement.

— C'est parfait, répliqua Damiàn. Cela nous laisse le temps de nous rafraîchir. Est-ce que mon frère est arrivé ?

— Oui, Monsieur. Il y a une heure. Je suppose qu'il est dans sa suite. Je vais faire porter les bagages dans la vôtre.

— Parfait ! Et, Didier… je suis heureux de vous voir en aussi bonne forme.

Un bref instant, la façade austère du vieux majordome se fissura. Il afficha un large sourire et rétorqua :

— Merci, Monsieur. Moi de même.

— Qu'est-ce qu'il se passe, entre toi et le majordome ? questionna Mia lorsque ce dernier se fut éloigné.

— Je ne vois pas de quoi tu parles, répliqua Damiàn.

— Bien sûr que si !

Le coup de coude dans les côtes dont elle le gratifia fit sourire Damiàn. Mia revint à la charge.

— C'est lui, ce contact dont tu m'as parlé, n'est-ce pas ?

C'était effectivement à Didier que Damiàn devait les vidéos révélant les mouvements d'Emiliano à l'extérieur de la villa. Il ne s'étonna guère que Mia ait été si prompte à saisir et acquiesça d'un signe de tête.

Ils avaient atteint le palier du premier étage, lorsque le sourire de Damiàn s'éteignit brutalement. À l'autre bout du couloir, il avait aperçu une silhouette.

Malgré la distance, il croisa le regard mauvais de ce frère qu'il n'avait pas vu depuis les funérailles de leur père, et avec lequel il n'avait pas échangé un mot en dix ans. Puis, tel un spectre, Emiliano disparut dans sa suite.

Desserrant les mâchoires, Damiàn se tourna vers la femme qui était là pour l'aider à sauver son entreprise. Il se rendit compte qu'il n'avait nul besoin de faire un effort pour afficher une expression radoucie à l'intention de celle-ci. Les muscles de son visage s'étaient naturellement relâchés. Par contre, une certaine partie de son anatomie se contractait dans une réaction adolescente tout à fait régressive.

— C'était Emiliano ? s'enquit Mia.

— *Si.*

— Ce qui explique pourquoi tu as failli me broyer la main.

À sa grande horreur, Damiàn comprit que Mia disait vrai. En hâte, il déposa un baiser sur chacun de ses doigts délicats.

— Pardonne-moi, *mi vida*, fit-il.

Se tournant vers lui, Mia caressa la joue de Damiàn. Dans ses magnifiques yeux bleus, il vit briller une lueur tentatrice.

— Détendez-vous, *señor* Delgado, murmura-t-elle. N'oubliez pas que nous sommes là pour un week-end de joyeuses distractions…

Haussant le sourcil, Damiàn lâcha la main de Mia pour refermer une paume sur son ravissant postérieur.

— Ah bon ? lança-t-il. Et qu'entends-tu par là ?

Elle se hissa sur la pointe des pieds et colla sa bouche à son oreille.

— Conduis-moi jusqu'à ta chambre, et je vais te montrer, susurra-t-elle.

Comparé à leurs ébats précédents, cet épisode fut bref mais tout aussi passionné. À peine étaient-ils entrés dans la chambre que Damiàn en avait immédiatement refermé la porte du pied. Sans même attendre que Mia ne découvre le lieu, ils étaient déjà en train de s'arracher mutuellement leurs vêtements.

Reprenant son souffle, Mia contempla son amant, tandis

que, dans le plus simple appareil, il gagnait la salle de bains. Elle lui lança un baiser du bout des doigts au moment où il disparaissait, puis elle observa la pièce.

Au décor Renaissance s'ajoutaient quelques notes modernes. Le lit, à la tête de cuir brun, avait pratiquement la dimension de la chambre dans son petit appartement. Sur le sol de marbre étaient disposés un canapé en cuir, une table basse également en marbre, et un piano demi-queue. De lourdes draperies encadraient les hautes portes-fenêtres.

— Tu joues du piano ? demanda-t-elle, lorsque Damiàn reparut.

Il s'était douché, et Mia fut presque déçue de voir qu'il avait noué un drap de bain autour de sa taille.

Damiàn grimaça.

— Céleste m'avait fait donner des leçons, mais elle a dû admettre que je n'étais pas doué. Tout son argent n'a pas réussi à me faire avoir l'oreille musicale. On ne peut pas tout acheter. ! Je suis nul en musique.

— J'ai du mal à t'imaginer nul en quoi que ce soit…

— Rassure-toi, le piano a été mon seul échec.

Il avait dit cela avec un clin d'œil appuyé, et Mia lança un oreiller dans sa direction sans réussir à le toucher.

Il le ramassa, s'avançant vers le lit d'un air décidé.

— Pour ta part, dit-il, c'est l'art du lancer d'objets que tu n'as pas appris à maîtriser.

— J'ai appris à maîtriser tout un tas d'autres choses…, dit-elle d'une voix traînante. Tu veux voir ?

Le sourire que Damiàn lui adressa aurait suffi à faire fondre la banquise. Il se laissa tomber sur le lit et aspira avidement l'un de ses tétons entre ses lèvres.

Pour autant que Mia se soit crue à bout de forces, ce contact envoya de minuscules flèches incandescentes dans les parties les plus intimes de son corps. Lentement, Damiàn laissa sa main glisser le long de son ventre, jusqu'à son pubis. De son pouce, il entreprit de caresser le bourgeon déjà gonflé. Gémissante, elle tâtonna pour le débarrasser de la serviette, libérant la fière érection de Damiàn. Mia tendit la main – il lui avait appris comment il aimait à être caressé. Mais il se recula en grommelant.

Dans le regard d'obsidienne se lisait un indéniable désir. Pourtant, le visage de Damiàn avait retrouvé une sévérité qu'elle ne lui avait pas connue depuis plusieurs jours.

— Lève-toi, dit-il. Nous sommes attendus pour déjeuner dans…

Il jeta un coup d'œil à sa montre et reprit :

— Vingt-huit minutes, exactement. Et il en faut dix pour gagner la piscine.

Avec une moue dépitée, Mia se dirigea vers la salle de bains en faisant mine de traîner les pieds.

Lorsqu'elle revint dans la chambre, Damiàn était déjà habillé. Il portait un pantalon en toile et un T-shirt gris, à col en V, épousant étroitement sa superbe musculature.

Intriguée, elle le regarda faire le tour de la pièce en brandissant quelque chose qui ressemblait à un téléphone portable dépourvu de touches.

— Qu'est-ce que tu fais ? questionna-t-elle.

— Je vérifie qu'il n'y ait pas de mouchards dans la pièce. J'aurais dû m'en assurer dès que nous sommes entrés.

Damiàn aurait pu se donner des gifles. Comment avait-il pu commettre une erreur pareille ? C'était digne d'un adolescent !

Or, c'était bien là le nœud du problème : il se comportait comme un gamin guidé par ses hormones au lieu de son cerveau.

Non seulement il avait omis de se livrer à la recherche de micros cachés, mais par-dessus le marché il n'avait même pas connecté son ordinateur au système de sécurité de la villa. Maintenant, il faudrait attendre jusqu'après le déjeuner pour cela. Des heures précieuses seraient gâchées !

La responsable de ses pulsions adolescentes, enroulée dans un drap de bain, le regardait avec de grands yeux ébahis.

— Est-ce que nous avons été écoutés ? murmura-t-elle, l'air horrifié. Filmés, peut-être ?

— Non, répondit-il. Je n'ai rien trouvé. Mais j'aurais dû m'en assurer avant que nous n'étrennions le lit.

— Est-ce que tu peux faire confiance à cet appareil ? s'enquit Mia en désignant l'objet qu'il tenait.

— Il m'a été remis par Felipe, l'expert en sécurité qui travaille pour moi. Tous ses équipements sont ce qu'il y a de plus récent et de plus perfectionné en matière de technologie.

Mia poussa un soupir de soulagement. Puis, de nouveau, le doute assombrit son expression.

— Que se passera-t-il si les endroits que nous explorons ont été équipés de systèmes de surveillance ? interrogea-t-elle.

— Je dispose de matériel de brouillage. De plus, cela semble peu probable. Céleste habite cette maison, et je ne vois pas pourquoi elle aurait fait installer de quoi s'espionner elle-même.

— C'est toi qui vois, dit-elle en tiraillant une mèche de ses cheveux. Bon, qu'est-ce que je dois porter pour les présentations à la famille ?

— Quelque chose de simple. Tes vêtements ont déjà été installés dans le dressing.

Mia disparut par la porte qu'il lui indiquait, et Damiàn songea qu'il n'aurait pas trop des quelques minutes qu'elle lui accordait pour se composer une contenance.

Dire qu'il avait pensé que faire l'amour à Mia le guérirait de son obsession pour elle ! Au moins, il n'aurait pas besoin de simuler la passion en public. Cela faisait seulement deux jours qu'ils étaient amants, et il était incapable de ne pas la toucher constamment.

Ce fut en se cramponnant à la main de Damiàn que Mia le suivit jusqu'à une terrasse aux proportions gigantesques. Une vaste piscine rectangulaire scintillait sous le soleil, entourée d'une dizaine de chaises longues disposées à intervalles réguliers, chacune accompagnée de son parasol. À gauche du bassin, en haut de quelques marches, la salle à manger d'été accueillait six convives. Tous tournèrent la tête lorsque Damiàn et Mia approchèrent.

Une femme élégante, d'âge indéterminé, aux cheveux platine tirés en chignon au sommet du crâne, se leva. La structure osseuse de son visage délicat évoquait un oiseau, songea Mia. La soie bleu foncé d'un sarong flottait autour de sa silhouette mince, et elle était pieds nus.

— *Mijito* ! roucoula-t-elle en guise de salutation.

Ses lèvres s'incurvèrent en une mimique dont Mia supposa qu'elle était censée contrefaire un sourire. Puis elle ajouta quelque chose dans un espagnol débité avec un rythme de mitraillette. Mia n'en comprit pas un traître mot, mais elle vit les traits de Damiàn se crisper. Il répliqua dans la même langue et avec le même débit, avant que ne soit échangé un simulacre de baisers. Enfin, il reprit la main de Mia et déclara en anglais :

— Céleste, permets-moi de te présenter Mia.

Des prunelles d'obsidienne – seule ressemblance entre la mère et le fils – se fixèrent sur Mia. Le reflet qu'elle y vit passer fugitivement lui glaça le sang. C'était une froideur inquisitrice.

Mia se vit pourtant gratifier d'un sourire qu'elle trouva bien plus amical que celui réservé par Céleste à son propre fils. Néanmoins, si celle-ci se livra à une parodie de baiser de bienvenue, elle s'arrangea pour que leurs deux épidermes n'entrent pas en contact.

— Je suis ravie de faire votre connaissance, dit-elle dans un anglais aussi parfait que celui de Damiàn. Laissez-moi vous présenter à mes invités.

À tour de rôle, chacun des hôtes se leva – la sœur de Céleste, son beau-frère, ses deux nièces, et son fils aîné. Chacun effleura fugitivement les joues de Mia, comme il se devait. La seule personne dont elle éprouva véritablement le contact sur sa peau fut Emiliano.

Aussi sec et efflanqué que son cadet était athlétique, il

avait le teint plus clair que ce dernier. C'était également le cas s'agissant de ses cheveux et de ses yeux, quoique son regard ait la même intensité pénétrante.

— Ainsi, c'est vous la mystérieuse compagne, dit-il d'une voix traînante. Espérons que Damiàn vous traite avec davantage d'égards qu'il n'en montre pour ceux qu'il est supposé aimer.

Du coin de l'œil, Mia vit Damiàn serrer les mâchoires. Il était clair que le sarcasme lancé par son aîné avait atteint sa cible.

— Emiliano, fais quelque chose avec ces chiens ! ordonna brusquement Céleste.

Jusque-là, Mia n'avait pas prêté attention à un superbe golden retriever, et un corniaud de plus petite taille, lequel avait planté les crocs dans le sarong de la maîtresse des lieux sur lequel il tirait en grondant.

Se rasseyant, Emiliano siffla entre ses dents et les deux chiens vinrent se coucher à ses pieds.

Pendant ce temps, Céleste faisait signe à Mia de s'installer à la place laissée libre à ses côtés. Aussi docilement que les chiens d'Emiliano, Mia obtempéra.

— Que voulez-vous boire ? l'interrogea Céleste avec un sourire approbateur.

— Du thé, si c'est possible, répondit Mia.

Un rire cristallin accueillit sa réponse.

— Vous n'y pensez pas ! s'exclama Céleste. Du champagne serait bien plus approprié. Il y a fort longtemps que mon fils ne nous a pas présenté l'une de ses conquêtes.

Gratifiant son hôtesse d'un large sourire, Mia rétorqua :

— J'apprécie beaucoup le champagne, mais je préférerais ne pas boire d'alcool

Les yeux sombres s'étrécirent, posant sur Mia un regard scrutateur.

— Seriez-vous enceinte ?

— *Non* !

À sa grande confusion, Mia se rendit compte qu'elle avait formulé sa réponse sur un ton un peu trop vif.

— Non, reprit-elle d'une voix plus posée. C'est juste que j'ai tendance à somnoler si je bois dans la journée.

Céleste rejeta son objection d'un geste de la main.

— Quelle importance ! répliqua-t-elle. Vous êtes ici pour un week-end de détente. Damiàn vous a-t-il dit que la villa est équipée d'un spa ?

Après des heures passées à étudier les plans du domaine, Mia était en mesure de dire exactement où se trouvaient le spa et l'espace beauté attenant.

— Oui, il y a fait allusion, je crois, affirma-t-elle.

— Il faut *absolument* que vous en profitiez ! martela Céleste. N'hésitez pas à faire appel à mon esthéticienne et mon coiffeur. D'ailleurs, je vais demander à celui-ci de vous faire belle pour la réception, demain.

Étouffant un petit rire, Mia songea que Damiàn ne lui avait pas menti : sa mère était championne dans l'art de lancer des remarques perfides avec l'air de ne pas y toucher.

— C'est très aimable à vous, répondit-elle. Merci beaucoup.

Le champagne fut ouvert et servi, et Céleste logea une flûte entre les mains de Mia avec autorité. Puis elle lança un regard à la ronde, afin d'imposer le silence et leva son verre.

— *Salud !* lança-t-elle.

Sagement, les convives marmonnèrent en chœur :

— *Salud !*

Le repas se déroula dans une ambiance glaciale. Poisson et salades furent attaqués avec un solide appétit par les hommes, tandis que les femmes picoraient. À part Mia qui mourait de faim.

Céleste menait la conversation, concentrant le plus souvent son attention sur Mia. Elle lui fit raconter comment Damiàn et elle s'étaient rencontrés et l'interrogea sur sa carrière de comédienne. Bien évidemment, elle ne se priva pas de chanter les louanges de toutes les actrices qu'elle avait vues dans les rôles incarnés par Mia. À commencer par la « merveilleuse Audrey », laquelle avait incarné une Eliza Doolittle « inoubliable », dans « l'indétrônable » adaptation filmée de *My Fair Lady*. Mais, bien sûr, le talent de Mia n'était pas en cause…

Le repas se terminait lorsque le téléphone portable de Céleste vibra. Elle se leva instantanément, déclarant à l'assistance :

— J'ai réservé une table au restaurant du casino Carlucci, pour ce soir.

— À quelle heure ? s'enquit Damiàn.

C'était ses seules paroles depuis qu'il avait fait les présentations entre sa mère et Mia. Tout au long du repas, il s'était contenté de fusiller son frère du regard.

— À 9 heures, répondit Céleste. Tenez-vous prêts à 20 h 30. Jusque-là, que personne ne me dérange.

Elle s'inclina vers Mia et lui pinça la joue.

— Vous êtes adorable, fit-elle. Je vais dire à Gaynor, mon coiffeur, de vous attendre dans une heure pour commencer à s'occuper de vous.

Puis, dans un bruissement d'étoffe, la maîtresse des lieux quitta la scène, laissant derrière elle un silence lourd.

Le premier à le rompre fut Emiliano.

— Eh bien, voilà qui était divertissant, commenta-t-il d'un air ironique.

Repoussant sa chaise, il se leva et tapota sa cuisse. Aussitôt, les deux chiens sortirent de dessous la table. Après avoir salué à la ronde et fait un clin d'œil appuyé à Mia, il s'éclipsa, ses deux chiens sur les talons.

11.

Pendant qu'ils regagnaient leur suite, Damiàn expliqua à Mia ce qu'il attendait d'elle au cours de l'après-midi.

Céleste ne s'en doutait certainement pas, mais son insistance à la convaincre d'utiliser le centre de soins s'avérait être une bénédiction. C'était l'un des lieux favoris d'Emiliano, qui y passait beaucoup de temps à chacune de ses visites à la villa. Il pouvait très bien y avoir dissimulé les documents. Peut-être dans la niche dissimulée derrière le placard contenant les serviettes. C'était là que Mia devrait chercher.

À peine furent-ils dans la chambre, que Damiàn déverrouilla le secrétaire et en sortit une mallette qu'il déposa sur la table basse. S'installant sur le canapé, il l'ouvrit. Elle contenait l'ordinateur équipé du logiciel espion. Une fois tapé le code d'accès, il leva la tête vers Mia.

— Le placard n'est pas fixé au mur, dit-il. Mais il est lourd à déplacer. Je ferais peut-être mieux de fouiller le spa moi-même, non ?

— Je suis plus forte que je n'en ai l'air, répliqua Mia. De plus, tu attirerais l'attention si tu prenais rendez-vous pour un massage. Tu m'as bien dit que cela ne t'arrivait jamais, non ? Moi, c'est ta mère qui me l'ordonne, pratiquement.

Damiàn acquiesça d'un hochement de tête et revint à son ordinateur. Mia en profita pour aller enfiler son maillot de bain, le laissant œuvrer tranquillement.

Elle revint dans la chambre – vêtue de son bikini et du peignoir portant le monogramme de la famille Delgado – pour voir Damiàn esquisser un geste de victoire.

— Tu as réussi ? s'enquit-elle.

Il la gratifia d'un sourire exprimant son soulagement d'être parvenu à pirater le système de surveillance de la villa.

Mia alla s'asseoir à côté de lui, contemplant l'écran divisé en deux parties. Sur l'une, on voyait les couloirs de l'espace beauté. Sur l'autre, ceux à l'extérieur de leur suite. Tous étaient vides.

— Tu es certain que les pièces ne sont pas équipées de caméras ou de micros, elles aussi ? interrogea-t-elle.

— Absolument ! Céleste n'a pas pu faire autrement que les accepter dans les couloirs, pour des raisons de sécurité, mais elle déteste ça.

La mallette contenait également des boucles d'oreilles en diamants, et une paire de boutons de manchette dont il s'équipa. Puis il tendit les boucles d'oreilles à Mia.

— Mets ça et va dans la salle de bains, dit-il. Ferme la porte derrière toi.

Ce fut sans la moindre difficulté qu'elle l'entendit murmurer :

— Tu m'entends correctement ?

La première étape de leur quête s'était soldée par un échec. Mia s'était livrée aux mains expertes de l'esthéticienne sans parvenir à se détendre vraiment. Elle était trop anxieuse, dans l'attente du coup de fil que Damiàn devait passer à la femme, pour l'écarter suffisamment longtemps afin de laisser les coudées franches à Mia.

Lorsque l'appel était enfin arrivé, elle s'était lancée dans l'exploration prévue, galvanisée par l'adrénaline, tandis que Damiàn surveillait les couloirs, la rassurant par l'entremise de l'oreillette. Hélas, la niche ne contenait rien !

Ce n'était que partie remise ! songea-t-elle en arpentant la chambre, pendant que Damiàn se rasait. Le lendemain, la villa serait pleine de domestiques s'affairant à préparer la réception. Dissimulés dans la masse, Damiàn et elle auraient tout loisir de chercher à fond.

Cette journée à venir serait la dernière qu'ils passeraient ensemble, mais elle ne leur accorderait guère de moments de tranquillité. À vrai dire, ils étaient en train de vivre les dernières heures de leur relation d'amants.

En prendre conscience fit monter une bouffée de panique en Mia, et elle chercha à fixer son attention sur autre chose. Une photo sur le piano, dans un cadre d'argent, attira son regard. Elle la prit d'une main tremblante. On y voyait Damiàn en compagnie de son père.

Eduardo Delgado était l'image même de ce que son fils cadet serait dans quarante ans, songea-t-elle. Un bel homme à la crinière argentée, au pouvoir de séduction intact.

La porte de la salle de bains s'ouvrit sur Damiàn, rasé de frais, barbiche impeccablement peignée. Il était encore plus sexy que d'habitude, néanmoins Mia n'ignorait pas qu'ils n'avaient pas le temps de faire l'amour. Aussi se contenta-t-elle de se lover contre lui, inhalant son merveilleux parfum.

— Que regardais-tu ? questionna-t-il en lui prenant le cadre des mains.

— C'est fou comme vous vous ressemblez, ton père et toi, fit-elle observer.

Damiàn eut un sourire mélancolique et il caressa du pouce le visage d'Eduardo.

— C'est la photo de nous deux que je préfère, dit-il.

— C'est curieux, mais je ne trouve en lui aucun des traits d'Emiliano.

— Tout simplement parce qu'il n'était pas son père biologique. Emiliano est mon demi-frère.

Mia ouvrit de grands yeux.

— Vraiment ? Tu ne m'en as jamais parlé.

— Mon père a adopté Emiliano au moment de son mariage avec Céleste. Elle était veuve d'un joueur de polo argentin, Alessandro, qu'elle avait épousé à vingt ans. Lorsqu'il est mort des suites d'une chute de cheval, Emiliano n'avait que quelques mois. Céleste a refait sa vie avec mon père à peine un an plus tard.

— Comment se fait-il que je ne t'ai jamais entendu dire que vous n'êtes que demi-frères ?

— Parce que ce n'est pas comme cela que je vois les choses. Pour moi, il est mon grand frère. Sauf que lui ne m'a jamais considéré comme son cadet. Il me hait depuis toujours.

— Pourquoi cela ?

— Je pense qu'il m'en veut d'être l'enfant biologique d'Eduardo. Ce qui est stupide, parce que mon père ne m'a jamais manifesté davantage d'affection qu'à lui. Il était aussi distant avec l'un qu'avec l'autre, dans notre enfance. C'était sa façon d'être. En réalité, c'est moi qui devrais être jaloux. Céleste n'a jamais caché qu'Emiliano était son préféré.

Mia se sentit pâlir.

— Dis-moi que tu exagères, souffla-t-elle.

Lentement, l'air grave, Damiàn fit non de la tête.

— Céleste ne fait jamais mystère de ses sentiments. Alessandro a été le grand amour de sa vie. À sa mort, elle a reporté tout son amour sur mon frère. C'est pour lui, qu'elle s'est remariée avec mon père.

— Et lui, il savait cela ?

— Mes parents ne se sont pas mariés par amour. Mon père a attendu l'âge vénérable de quarante-cinq ans pour convoler. Il se méfiait des coureuses de dots. C'était un souci qu'il ne pouvait avoir avec Céleste. Elle vient d'une vieille famille espagnole, de souche aristocratique, et très fortunée. À la mort d'Alessandro, elle a su qu'elle n'aimerait pas à nouveau. Mais elle voulait un père pour son fils. Ce fut un mariage de raison. Leur couple a formidablement fonctionné. Ensemble, ils constituaient une équipe solide.

— C'est comme cela que tu conçois le mariage ?

— Le jour où je chercherai à prendre épouse, je m'assurerai qu'elle soit dotée d'une fortune personnelle, oui.

Afin de ne pas laisser percevoir combien son cœur était lourd, Mia adopta un ton badin pour déclarer :

— Prends quand même garde à ne pas mourir d'ennui avec une femme riche et stupide !

Le regard de Damiàn étincela de malice.

— Dieu me préserve d'une telle plaie ! lança-t-il.

Que se figurait-elle ? se demanda Mia en s'efforçant de ne pas montrer son abattement. Avec l'éducation qu'il avait reçue, Damiàn Delgado ne saurait envisager une union fondée essentiellement sur l'amour et la passion.

Tout ce qu'une femme comme elle pouvait espérer d'un homme tel que lui était le statut de maîtresse. Il y avait quelque chose de terrifiant à sentir son cœur se serrer à cette idée. Pour combler le silence, Mia préféra changer de sujet.

— Est-ce que tu as déjà essayé de discuter avec Emiliano de ce qui vous sépare ? questionna-t-elle. Il n'est jamais trop tard pour crever l'abcès. Peut-être parviendriez-vous à un arrangement, pour le cas où nous ne trouverions pas les documents…

— Nous les trouverons.

— Quand bien même…

Dans le regard d'obsidienne brilla une lueur rusée.

— *Si jamais* j'acceptais de parler à Emiliano, serais-tu prête à en faire de même avec ta mère et ta sœur ? questionna-t-il.

— À quel sujet ?

— Au sujet du sacrifice que tu as fait il y a de longues années, et de la manière dont tu continues à en payer le prix.

— Ce n'est pas vrai.

— Bien sûr que si ! Avec ton talent, tu pourrais avoir le monde à tes pieds. Tu dis que ta mère et ta sœur sont heureuses, aujourd'hui. Ne pensent-elles jamais à *ton* bonheur à toi ?

Le bonheur ? C'était quelque chose que Mia ne connaissait plus depuis bien longtemps. En tous les cas, pas cette sorte de bonheur qui fait que vous vous réveillez, le matin, avec l'impression que le soleil brille même s'il n'en est rien. Bref, le genre de bonheur qu'elle avait connu avec Damiàn au cours des jours passés…

— Elles pensent que je suis parfaitement heureuse, murmura-t-elle, avec un pincement au cœur.

— Est-ce le cas ?

Je suis heureuse avec toi. Bien plus heureuse que je ne l'aie jamais été.

Mia ferma les yeux pour échapper au regard perspicace qui la sondait.

— C'est l'image que je tiens à leur donner. Elles ont tellement souffert. Avec elles…, je m'efforce de toujours montrer un visage heureux.

Tout à coup, elle comprit que seul Damiàn l'avait vue affirmer sa véritable personnalité. Devant lui, elle n'avait pas craint de se montrer vulnérable, en colère, terrifiée…

— Je ne veux surtout pas qu'elles s'inquiètent à mon sujet, reprit-elle.

— Si tu passes ton temps à les protéger, qui est-ce qui s'occupe de toi et te protège ? demanda-t-il.

Si seulement cette question ne lui donnait pas autant envie de pleurer ! se désola Mia en son for intérieur.

— Je suis une grande fille, répondit-elle. Je suis capable de prendre soin de moi.

— Tu devrais leur parler, *mi vida*. Si elles t'aiment autant que tu les aimes, elles auront à cœur de te soutenir comme tu l'as fait pour elles.

Mia posa une main sur la joue rasée de frais.

— Je leur parlerai si tu fais la même chose avec Emiliano.

— Attendons de voir comme se déroule la fête de demain.

Damiàn jeta un coup d'œil à sa montre.

— Tu devrais te préparer, ajouta-t-il. Nous sommes attendus dans un quart d'heure.

— Accorde-moi cinq minutes.

Mia ne s'était jamais sentie aussi éblouissante que dans la somptueuse robe rouge dansant gracieusement autour de ses mollets. Et jamais elle n'avait pénétré dans un endroit aussi fascinant que le casino Carlucci, où des gens d'une distinction raffinée jouaient des milliers d'euros sur le lancer d'une petite boule, ou le tirage d'une carte.

La soirée avait commencé sous de mauvais auspices. Céleste avait insisté pour que tout le monde se rende au restaurant dans sa longue limousine. Faire cohabiter Damiàn et Emiliano dans un espace aussi restreint, c'était chercher les ennuis, avait pensé Mia. Céleste avait superbement ignoré l'atmosphère glaciale, la complimentant sur l'élégance de sa robe, sans se priver d'une inévitable pique. À l'époque où elle-même portait ce genre de toilette, avait-elle déclaré, elle était bien plus mince que Mia. Elle avait d'ailleurs offert de la recommander à son coach personnel.

Damiàn avait aussitôt pris la défense de Mia.

— Mia est parfaite comme elle est ! avait-il tonné.

Céleste avait éclaté de rire.

C'était dans leur langue maternelle que Damiàn avait répliqué, clouant le bec à la perfide Céleste. Elle était restée muette jusqu'à leur arrivée au restaurant.

Fort heureusement, Mia s'était retrouvée assise entre Damiàn et le cousin de celui-ci, échappant à l'attention de Céleste. Mais la malchance voulait qu'elle soit exactement en face d'Emiliano. Elle avait donc passé le plus clair du repas à ignorer ses regards appréciateurs, autant que les coups d'œil assassins qu'il réservait à son cadet.

À la fin du dîner, tout le monde se sépara pour aller gaspiller des fortunes sur les tapis verts. Posant la main au creux des reins de Mia, Damiàn lui fit faire le tour du casino, lui expliquant en quoi consistait chacun des jeux.

Après avoir commandé à boire à l'un des serveurs, il annonça :

— Je vais me joindre à une partie de poker. Tu m'accompagnes ?

— Je préfère continuer à regarder.

— Comme tu veux, répliqua-t-il sèchement.

Avant de la quitter, il plaqua sur ses lèvres un baiser âpre, possessif. Puis il se fondit dans la foule, après avoir pris le verre de scotch que le serveur rapportait.

Depuis la fin du repas, Mia n'avait pas manqué de remarquer la rigidité révélatrice de sa mâchoire. Damiàn était manifestement en colère. Avait-elle fait quelque chose qui l'avait contrarié ? Ou bien se faisait-elle des idées ? Après tout, il ne serait pas étonnant qu'une soirée passée sous le regard mauvais de son frère ne le mette à cran.

Un cocktail en main, Mia déambula entre les tables, puis se planta près de celle où l'on jouait à la roulette.

— Vous n'avez pas envie de tenter votre chance ? questionna une voix traînante, derrière elle.

Emiliano l'avait retrouvée.

— Je m'amuse plus à regarder les autres jouer, dit-elle en se tournant vers lui.

Il sortit de sa poche une poignée de jetons.

— Que me conseillez-vous ? fit-il. Dois-je miser sur le rouge pour être en accord avec votre splendide robe ? Ou sur le noir, comme le cœur de Céleste ?

Refusant de se laisser prendre au piège qu'il lui tendait, Mia se contenta de hausser les épaules.

— À vous de choisir, répondit-elle. Je suis certaine que vous n'avez pas besoin de mon aide pour claquer votre argent.

Emiliano la gratifia d'un large sourire, en posant un jeton sur un numéro rouge.

— Je commence à comprendre pourquoi mon frère est aussi épris de vous, observa-t-il.

L'entendant mentionner Damiàn, Mia se tourna vers la table où celui-ci jouait. Comme s'il avait senti qu'elle le regardait, il leva les yeux vers elle, puis les baissa à nouveau, sans même un petit signe dans sa direction.

Mia eut toutes les peines du monde à ne pas laisser la tristesse qu'elle ressentait se marquer sur son visage.

— Numéro trente-huit, rouge, annonça le croupier.

Le regard d'Emiliano s'illumina et, avant que Mia ne comprenne ce qu'il se passait, il planta un baiser sur sa joue en s'exclamant :

— Vous voyez, vous m'avez porté chance !

Elle en était encore tout étourdie, lorsque Damiàn se

matérialisa brusquement à ses côtés. Ignorant son frère, il la prit par la main.

— Mon chauffeur est en route pour nous ramener à la villa, marmonna-t-il.

— Quoi, déjà ? s'étonna-t-elle.

— Oui, j'ai assez joué pour ce soir.

12.

— Vas-tu, enfin, me dire ce qui ne va pas ? questionna Mia à peine étaient-ils dans la chambre.

Leur trajet de retour s'était déroulé dans un silence aussi tendu qu'avant qu'ils ne deviennent amants.

— Rien. Tout va très bien, répondit Damiàn sèchement.

D'un pas résolu, Mia s'avança jusqu'à lui et posa une main sur son torse. L'air hargneux, il l'en écarta d'un geste brusque.

— Tu vois, je le savais ! s'exclama-t-elle. Tu es en colère contre moi. J'aimerais bien comprendre pourquoi. C'est tout juste si tu m'as adressé un seul regard de toute la soirée.

— Je m'étonne que tu l'aies remarqué. Tu étais tellement occupée à faire ami-ami avec mon frère !

À l'instant même où Damiàn prononça ces paroles, il les regretta. Que lui prenait-il de céder à pareille amertume ?

En fait, il n'avait pas supporté de voir Mia lancer des œillades en direction d'Emiliano au cours du repas, et leur complicité devant la table de jeu lui avait carrément fait monter la bile dans la gorge.

Il vit s'arrondir les yeux de Mia. Elle ouvrit puis referma la bouche, secouant la tête.

— De quoi m'accuses-tu, exactement ? demanda-t-elle en croisant les bras sur sa poitrine.

— Je ne t'accuse de rien. Je dis juste qu'Emiliano semble s'intéresser beaucoup à toi.

— Ce n'est pas l'impression qu'il m'a faite. Il me jaugeait, comme pratiquement tout le monde aujourd'hui.

— Le connaissant, je crois plutôt qu'il évaluait le temps qu'il lui faudrait pour te mettre dans son lit.

— Je te le répète, ce n'est pas du tout ce que j'ai ressenti. Par ailleurs, je ne vois pas pourquoi tu me fais la tête pour quelque chose que ton frère a fait. Et pas moi.

— Parce que je te rappelle que je te paye grassement pour jouer le rôle de *ma* compagne, et non pour flirter avec celui qui s'emploie avec application à me démolir.

Mia opposa à Damiàn une expression hébétée.

— *Flirter*, moi ? protesta-t-elle avec véhémence.

Il était clair qu'elle commençait à perdre patience.

— Tu l'as laissé t'embrasser. Et tu ne l'as pas quitté des yeux de tout le repas.

Plantant les mains sur ses hanches, Mia le fusilla du regard.

— Je ne me suis pas *laissé* embrasser ! lança-t-elle. Il ne m'a pas demandé mon avis, si tu veux le savoir. De plus, c'était sur la joue. Et à table, il était juste en face de moi. Je n'allais pas garder la tête baissée vers mon assiette.

— Au déjeuner aussi, je t'ai surprise à le contempler plusieurs fois.

Mia leva les bras au ciel.

— Parce que j'observais attentivement ce qui se jouait devant moi ! s'indigna-t-elle. Si je regardais Emiliano, c'était pour me faire ma propre idée. D'ailleurs, plus j'observe ta famille, et moins je suis convaincue qu'il est un horrible machiavel occupé à comploter contre son rival. Je me demande plutôt si ce ne serait pas ta mère qui tire les ficelles.

— *Céleste ?*

— La façon dont ton frère te toise me fait penser à Amy dans sa crise d'adolescence. Elle lançait des regards noirs à tout le monde. Mais pour qui savait y lire, ils étaient pleins de souffrance. La personne à laquelle Amy en voulait le plus, c'était notre mère. Inconsciemment, elle lui reprochait de ne pas être là pour l'aider, *elle*. Es-tu vraiment certain qu'Emiliano n'a pas passé toutes ces années à espérer que tu lui tendes la main ?

À s'entendre questionner de la sorte, Damiàn sentit le sang battre à ses tempes. Mia ne lui accorda pas le temps de riposter.

— Tu m'as bien dit qu'au cours des dix années passées, la seule communication que tu as eue avec ton frère, s'est faite par l'entremise de Céleste, c'est cela ? Comment peux-tu avoir la certitude qu'elle n'a pas mis de l'huile sur le feu ?

Une bouffée de colère assaillit Damiàn.

— Tu prends la défense de ce traître, maintenant ? s'offusqua-t-il.

Marmonnant quelque chose qui ressemblait fort à un juron, Mia se dirigea vers la salle de bains d'un pas rageur.

— Tu as beau te conduire comme un imbécile jaloux, lança-t-elle par-dessus son épaule, quoi que tu fasses je prendrai toujours ton parti, Damiàn Delgado. Mais si tu es tellement persuadé d'avoir raison au sujet de ton frère, pourquoi ne vas-tu pas lui parler ? Montre-toi plus mature que lui et vide cette querelle qui n'a que trop duré.

La tête haute, Mia disparut dans la salle de bains, tandis que Damiàn ruminait sa fureur. Il n'aurait su dire ce qui le heurtait le plus. Étaient-ce les insinuations de Mia au sujet de Céleste ? Ou bien de s'entendre taxer de jalousie ?

Car ceci était du plus haut ridicule ! Jamais Damiàn n'avait éprouvé d'émotions aussi méprisables.

Se débarrassant de ses vêtements avec des gestes rageurs, il arpenta la chambre de long en large. S'il s'était écouté, il aurait coincé Mia quelque part pour la dévisager assez longuement afin qu'elle soit totalement imprégnée de son image. De sorte qu'elle ne puisse plus jamais regarder un autre homme sans le voir, *lui*, s'imprimer sur sa rétine.

Brusquement, Damiàn se figea. Qu'était-ce donc que de telles pensées ? N'étaient-elles pas celles d'un individu irrationnel et affreusement possessif ? D'un *jaloux* ?

Il se laissa tomber sur le bord du lit et se prit la tête entre les mains, massant ses tempes douloureuses.

Petit à petit, sa colère s'estompa. La raison lui revint. Mia n'avait rien fait de mal. C'était lui qui perdait tout sens commun. Mais comment cette femme parvenait-elle à faire naître en lui un tel ouragan d'émotions ? Lui qui avait érigé le self-control en principe de vie.

Après une douche brûlante, qui n'avait pas suffi à effacer sa fureur, Mia se brossa les dents avec énergie.

Pourquoi Damiàn se conduisait-il de cette manière odieuse, alors qu'il élevait la maîtrise de soi au rang d'œuvre d'art ? Il avait les réactions d'un adolescent jaloux…

Tout à coup, elle interrompit son geste, brosse à dents en l'air. Se pouvait-il qu'il soit jaloux ?

Les battements de son cœur changèrent de registre. D'irascibles, ils devinrent joyeux. Une sensation d'allégresse légère envahit tout son être.

Elle allait reprendre son brossage, lorsque Damiàn frappa.

— Mia ? entendit-elle à travers la porte. Je suis désolé.

Des larmes tout à fait inattendues montèrent aux yeux de Mia.

— Je n'avais pas le droit de t'accuser de flirter avec Emiliano…, enchaîna Damiàn. C'est à croire que lui et moi sommes très doués pour faire ressortir ce qu'il y a de pire en l'autre.

Battant désespérément des paupières pour refouler ses larmes, Mia se rinça la bouche.

— Je me suis conduit de manière abominable, reprit Damiàn. Je te fais porter le poids de la tension que je ressens.

Mia ouvrit la porte. Damiàn se tenait juste derrière, seulement vêtu de son pantalon à la ceinture déboutonnée. Ses cheveux étaient en bataille. Il suffisait de poser les yeux sur lui pour avoir confiance en la sincérité de ses excuses.

S'efforçant de sourire, Mia ne comprenait pas pourquoi elle avait tant de mal à retenir ses larmes.

Damiàn glissa une main dans ses cheveux dénoués.

— Tu me pardonnes ? demanda-t-il.

Mia déglutit avec peine.

— Je ne suis pas ton ennemie, répondit-elle dans un murmure.

— Je le sais bien, *mi vida.*

Il appuya le front contre celui de Mia.

— C'est juste que tu dis des choses que je n'ai pas envie d'entendre, déclara-t-il. Mais cela me fait du bien…

Soudant ses lèvres à celles de Mia, il ferma les yeux. Timidement, elle noua les bras autour du cou de Damiàn, accentuant la pression de sa bouche contre la sienne. Lorsqu'il entrouvrit les lèvres, elle se fraya un chemin entre elles, s'aventurant à la rencontre de sa langue. Il fit de même.

Sauf que ce contact n'apportait aucun réconfort à Mia. Car sa souffrance ne faisait que croître à l'idée que le temps qu'il leur restait à passer ensemble s'amenuisait.

Le désespoir qui l'envahissait ne lui semblait avoir d'égal que celui de Damiàn, perceptible dans la fièvre de ses gestes, dans l'âpreté de ses baisers. Le drap de bain dont elle s'était entourée glissa au sol, et elle se plaqua encore davantage contre la musculature d'airain.

Comment accepter que tout cela touche à son terme ? Dans deux jours, ils quitteraient la villa, et elle ne le reverrait plus jamais.

Les grandes mains erraient sur son corps. Les longs doigts mordaient dans la rondeur de ses fesses, labouraient son dos comme pour s'insinuer sous sa peau. Mia se surprit à en faire autant, animée par le besoin impérieux de toucher toutes les parties du corps de Damiàn qui étaient à sa portée. C'était comme si elle cherchait à en mémoriser chaque parcelle, pour en garder le souvenir jusqu'à son dernier souffle.

Car Mia n'avait aucun doute à ce sujet : jamais elle ne revivrait avec quiconque ce qu'elle avait partagé avec Damiàn.

Ils se laissèrent tomber sur le lit dans un enchevêtrement de bras et de jambes, leurs langues mêlées dans une danse lascive jusqu'à ce que Damiàn libère sa bouche pour se nicher dans son cou, faisant courir des étincelles de plaisir sur la peau fine et ultrasensible. Mia hoqueta lorsqu'il referma la main sur l'un de ses seins, puis se mit à titiller entre ses doigts le téton durci. Ses hoquets se transformèrent en gémissements car la bouche de Damiàn glissait le long de son ventre, puis plus bas encore. Il ne fallut guère de temps pour que Mia soit propulsée aux cimes de l'extase, par les seuls agissements de cette langue experte.

Ce fut ensuite au tour de Mia de refermer les doigts sur le sexe tendu, puis de le prendre dans sa bouche, tandis que son autre main allait et venait éperdument sur les cuisses et le ventre de Damiàn, dans l'espoir insensé de fixer dans sa mémoire les moindres courbes du corps d'athlète.

À entendre Damiàn gémir son prénom, Mia fut transpercée par une flèche incandescente. Comme elle aimait la façon dont les deux syllabes, prononcées de cette voix de velours, roulaient sur sa langue !

Ce fut sans cesser de psalmodier son prénom – son long sexe, dur comme le roc, gainé d'un préservatif – qu'il la pénétra, l'emplissant totalement. Mia se délecta, une nouvelle fois, de cette incroyable et divine sensation de plénitude qui ne ressemblait à rien d'autre au monde.

Je t'en prie, fais que tout cela ne s'arrête jamais ! implora-t-elle en son for intérieur, tandis qu'ils s'embrassaient fiévreusement.

Je ne supporterai pas de te dire adieu. Pas encore.

Pourtant, Mia pouvait-elle ignorer que toutes les bonnes choses ont une fin ? Tout comme leur relation était promise à s'achever, la montée de l'orgasme en elle était trop inéluctable pour qu'elle puisse résister à ce pour quoi son corps affamé était fait. Elle eut beau lutter pour faire durer le plaisir – se cramponnant à Damiàn, bras et jambes noués autour de lui –, elle finit par basculer dans une explosion de volupté, en émergeant rassasiée mais désespérément vide.

Dans l'apaisement des sens qui suivit, tandis que Damiàn était encore en elle, Mia comprit que l'incendie qu'il avait allumé, dans son corps et son âme, n'était pas près de s'éteindre.

À moins d'un miracle, ce gigantesque brasier serait encore crépitant lorsqu'ils se diraient adieu.

Rajustant son nœud papillon, Damiàn s'efforça de se détendre. La quête des documents, à travers la villa, s'était révélée infructueuse. Ils étaient allés de déception en déception. La suite d'Emiliano était le seul endroit qu'ils n'avaient pas fouillé. Il allait falloir s'y résoudre.

Damiàn en était là de ses réflexions, lorsque Mia entra, drapée dans un peignoir, les mains protégeant son visage des regards. Suivant les instructions de Céleste, Gaynor et les esthéticiennes avaient œuvré à la transformer au cours des deux heures passées.

— Ne me regarde pas ! lança-t-elle en passant devant lui comme une flèche. Il faut que tu attendes que j'aie enfilé ma robe pour que cela donne son plein effet.

Elle claqua derrière elle la porte du dressing, mais il l'entrouvrit à nouveau.

— Je te promets de ne pas regarder, dit-il. C'est juste pour qu'on puisse se parler.

— Oui, d'autant plus que j'ai des choses à te raconter.

— Je suis tout ouïe !

— Cordelia, la plus jeune de tes cousines, se faisait coiffer à côté de moi. Il y a un mois, en Angleterre, elle a rencontré Emiliano. Ils ont dîné ensemble, et elle dit qu'il ne lui a parlé que chevaux et polo. Il est obsédé par la saison à venir.

— Oui, et alors ?

— Attends ! Cordelia a également raconté qu'elle voudrait trouver du travail dans le Groupe Delgado. Elle a essayé de brancher Emiliano sur la question, mais il a dit qu'elle ferait mieux de s'adresser à toi. Donc, si ton frère se préparait à prendre les rênes de l'affaire familiale, pourquoi aurait-il dit cela ? Et pourquoi se préoccuperait-il exclusivement de ses compétitions de polo ?

Damiàn se devait d'admettre que c'étaient là des questions

tout à fait pertinentes. Mia aurait-elle vu juste en suggérant que Céleste soit à la manœuvre ?

Appuyant la tête contre le mur, il poussa un long soupir. Que sa mère en vienne à conspirer contre lui, voilà qui dépassait l'entendement.

— Ça va, Damiàn ? lança Mia de derrière la porte.

Damiàn perçut l'inquiétude dans sa voix, au moment même où il devait lutter pour contenir une nausée. Il lui fallut un effort de volonté pour répondre :

— *Si, mi vida !* Je suis simplement impatient de t'admirer.

— Je suis presque prête.

Moins d'une minute plus tard, la porte s'ouvrit en grand. Mia parut, écartant largement les bras pour se présenter à lui.

— Eh bien ? fit-elle. Que penses-tu de la nouvelle Mia Caldwell ?

Pendant un long moment, Damiàn demeura muet, le souffle coupé. Tous ses soucis, quant à l'éventuelle trahison de sa mère, avaient été balayés comme fétus de paille. Il n'avait plus qu'une seule préoccupation : se repaître de la sublime vision qui s'offrait à lui.

La robe rose, rehaussée de broderies d'argent, sans manches et taillée dans une étoffe souple épousant les formes de Mia, mettait en valeur les rondeurs de sa poitrine. Tombant à mi-mollet, elle révélait ses jambes fuselées. Accrochée à ses épaules, une cape en soie de la même couleur, retenue par une boucle incrustée de diamants, descendait jusqu'aux pieds de Mia. Un maquillage gracieusement sophistiqué, et une coiffure laissant sa chevelure dorée retomber en une cascade de boucles, finissait de donner à l'ensemble une note à la fois raffinée et pétillante.

À l'image même de ce qu'était Mia, se dit Damiàn.

— Tu es sûr que tout va bien ? interrogea-t-elle, d'un air soucieux.

Damiàn déglutit, hochant la tête.

— Oui, je t'assure. Et tu es… fabuleuse !

Dans son smoking de velours noir, Damiàn était superbe, lui aussi, songea Mia, avec l'impression que son cœur allait exploser dans sa poitrine.

Être à ce point sexy devrait être interdit par la loi !

Sauf que la souffrance perceptible dans le beau regard sombre faisait peser sur elle un poids incommensurable. Tellement lourd, qu'elle finit par être gagnée par sa tristesse, et les larmes lui montèrent aux yeux. Se détournant – comme pour vérifier de n'avoir rien oublié dans le dressing –, elle cligna des paupières à plusieurs reprises pour les contenir et éviter de gâcher son maquillage.

Tout au long de la journée, Mia s'était efforcée de faire bonne figure, transformant la quête des documents en une sorte de film d'aventures, afin de ne pas se laisser envahir par la douleur qui la taraudait.

Ce n'était pas seulement le tourment de perdre celui qu'elle savait désormais aimer de toute son âme. Cette perspective n'était-elle pas inscrite noir sur blanc dans le fichu contrat qu'elle avait signé ?

Non, elle souffrait aussi *pour* Damiàn.

Elle en venait presque à craindre qu'il ne réussisse à mettre la main sur ces maudits papiers. Ou que le fameux Felipe, son expert en sécurité, ne finisse par récupérer les vidéos prises au moment du décès d'Eduardo et de ses funérailles.

Pourvu que Damiàn ne découvre pas que sa propre mère était effectivement la cheville ouvrière de toute cette machination ! Céleste était peut-être un véritable défi aux lois de l'instinct maternel, cependant il y avait quand même des limites à l'inhumanité…

En son for intérieur, Mia priait pour que ses soupçons se révèlent erronés.

Quelque part, elle ne parvenait pas à se défaire de l'impression que tous les secrets de cette étrange famille voleraient en éclats avant que la nuit finisse.

13.

En toute justice, on ne pouvait que reconnaître les talents de Céleste lorsqu'il s'agissait d'organiser une réception, songea Damiàn. Ce n'était pas pour rien que les invitations à sa fête d'été étaient considérées comme de l'or en barre. Chaque année éclipsait les fastes de l'année précédente.

Ce soir-là, des centaines d'invités se pressaient dans les salons de réception, ou profitaient des derniers rayons du soleil sur les terrasses et dans les jardins.

Pendant deux heures, Damiàn et Mia circulèrent à la ronde, coupe de champagne en main, bavardant à droite à gauche, mettant le plus grand soin à afficher une mine ravie de circonstance. Car il était entendu que tout le monde était censé passer une soirée de rêve. C'était la règle du jeu !

Mia, ainsi que Damiàn l'avait prévu, se lança avec enthousiasme dans l'entreprise. L'avoir à son bras lui rendait la situation bien plus supportable. S'il n'avait pas été sur des charbons ardents, Damiàn aurait pu prendre plaisir à la soirée.

D'ailleurs, qui n'aurait pris plaisir à la compagnie de Mia ? Elle était drôle, enjouée, et parfaitement à son aise sous les regards curieux. Car tout le monde était impatient de faire sa connaissance. N'était-elle pas la première compagne que Damiàn produisait lors d'une fête donnée par Céleste ?

Jamais il n'avait gardé une maîtresse assez longtemps pour qu'il soit tenté de faire pareille chose. À vrai dire, il se lassait rapidement de la perfection que chacune incarnait à sa manière. Jusqu'à sa rencontre avec Mia, il n'avait pas vraiment eu conscience de s'ennuyer ferme dans ces relations. Au bout de quelque temps il constatait que cela ne fonctionnait pas et il y mettait un terme.

C'était Mia qui lui avait ouvert les yeux. Tout était tellement différent avec elle. Tellement mieux.

Sauf que la véritable raison de sa présence à ses côtés était qu'il la payait. Un frisson glacé courut le long de l'épine dorsale de Damiàn, au moment même où cette idée s'imposa à lui.

Certes, il n'y avait aucun doute sur le désir qu'il lui inspirait. Mais le désir physique n'était qu'une histoire d'hormones. L'attraction véritable était tout autre chose.

Mia était une comédienne extraordinairement douée. Ne l'avait-il pas embauchée pour qu'elle joue les amoureuses transies ? Elle y réussissait à la perfection.

Le groupe les entourant, Mia et lui, partit d'un grand rire. Il sentit la pression qu'elle exerçait sur sa main et il se joignit à l'hilarité générale. Sans savoir le moins du monde à quel sujet il était censé rire.

Il se tourna vers Mia qui lui souriait. Pourtant, dans son regard, il vit une lueur inquiète. Était-ce sincère ou feint ?

Soudain, elle passa un bras autour du cou de Damiàn et déposa un tendre baiser sur sa joue. À cette manifestation d'affection, il eut l'impression de recevoir un coup à la poitrine, et la tête lui tourna.

— Je vous prie de m'excuser, dit-elle gaiement en direction du petit groupe, mais je vais me repoudrer le nez.

À la seconde où Damiàn perdit Mia de vue, il sentit un étau enserrer sa poitrine. Il lui fallut un sérieux effort pour se concentrer sur la conversation.

Elle revint après quelques minutes qu'il avait trouvées effroyablement longues. Souriant à la ronde, elle lui prit la main.

— Pardonnez-moi, fit-elle, mais je vous enlève Damiàn. Il m'a promis la visite du campanile.

À la façon dont elle dit cela, personne n'eut le moindre doute sur le fait que les raisons pour lesquelles elle réclamait Damiàn n'avaient rien de culturel. Des rires complices les accompagnèrent tandis qu'ils s'éloignaient.

— Que se passe-t-il ? interrogea Damiàn à voix basse.

Mia mit la main sur son épaule, de manière à pouvoir lui parler à l'oreille.

— Ton frère est dans la piscine, en compagnie d'une kyrielle de jolies femmes.

Damiàn planta son regard dans les profondeurs des yeux d'azur. Il s'y lisait une excitation fébrile.

— D'accord, dit-il en exhalant lentement. Allons-y.

Mia esquissa une moue entendue, puis elle l'embrassa délicatement sur les lèvres. Quand bien même il était taraudé par des interrogations pleines de cynisme, cela suffit à desserrer le nœud au fond de lui.

Main dans la main, ils esquivèrent les danseurs, ainsi que les serveurs chargés de plateaux. À l'heure qu'il était, Damiàn savait que Céleste faisait visiter sa collection d'œuvres d'art à ses hôtes de marque.

Son frère et sa mère étaient suffisamment occupés pour ne pas s'apercevoir de son absence. C'était le moment parfait.

Ce fut deux par deux que Damiàn gravit le grand escalier, Mia se hâtant à ses côtés. Quiconque les aurait aperçus n'aurait eu aucun doute sur l'endroit où ils se rendaient et ce qu'ils comptaient y faire.

Sauf qu'arrivés sur le palier, ils partirent dans la direction opposée à celle de la suite de Damiàn.

Au milieu du couloir menant à celle d'Emiliano était installée une méridienne. Mia et Damiàn s'y assirent pour qu'il connecte son téléphone au système de sécurité de la villa. Il effectua les réglages de manière à ce qu'apparaissent l'escalier et le hall sur l'écran, puis il tendit l'appareil à Mia.

— Reste ici et monte la garde, dit-il.

— Tu ne veux pas que je cherche avec toi ?

— Non, je me sens assez coupable à l'idée de violer l'intimité de mon frère, je préfère ne pas t'entraîner là-dedans. Contente-toi de m'avertir si quelqu'un arrive.

Abaissant les paupières, Mia acquiesça de la tête. Damiàn

perçut qu'elle était aussi mal à l'aise que lui. À moins qu'elle ne soit en train de lui jouer la comédie ?

Ce n'était pas le moment de se perdre en conjectures. Il avait besoin de garder les idées claires.

Damiàn gagna la porte de la suite d'Emiliano. Il avait pris la précaution de se munir du matériel nécessaire pour déverrouiller les serrures. Il posa la main sur la poignée. Bizarrement, il était incapable de la tourner. Non qu'elle fût bloquée, mais ses scrupules le retenaient.

— C'est bien le moment d'avoir des remords, marmonna-t-il dans sa barbe.

Il était sur le point d'ouvrir, lorsqu'il entendit la voix excitée de Mia.

— Je crois que Felipe a réussi à récupérer les enregistrements vidéo, lança-t-elle. Il te les envoie.

Damiàn était revenu s'asseoir à ses côtés, et Mia parvenait à peine à respirer tant elle était inquiète de ce que la vidéo révélerait.

Téléphone en main, Damiàn lisait le message en espagnol accompagnant les images. Mia ne pouvait que soupçonner la gravité de ce qui lui était annoncé, à voir la façon dont il tremblait. Elle sentit se crisper les muscles de la cuisse pressée contre la sienne, et y posa une main qui se voulait rassurante. Damiàn cliqua sur une touche.

Les premières images montraient Céleste sortant de ses appartements. Elle tenait ce qui ressemblait à un verre de scotch. Quelques secondes plus tard – à en croire le défilement de l'horodateur, en bas de l'écran –, on la voyait pénétrer dans la véranda, puis en ressortir les mains vides. Les prises de vues suivantes se situaient une demi-heure après cela, toujours au vu de l'horodateur. Céleste revenait dans la véranda. Quatre minutes s'écoulèrent avant que le couloir se remplisse de personnel. Des bruits divers, provenant du téléphone de Damiàn, firent sursauter Mia. Des cris. Des appels à l'aide affolés.

Glacée jusqu'aux os, Mia comprit qu'ils étaient en train de visionner les images prises au moment de la mort d'Eduardo.

Sa vision se brouilla, mais elle s'obligea à se concentrer de nouveau sur l'écran. Cette fois pour voir un corps, enveloppé dans une housse mortuaire noire, être respectueusement transporté à l'extérieur de la villa.

Ensuite venait une séquence filmée quatre heures plus tard. La villa était plongée dans l'ombre. On distinguait malgré tout le couloir menant aux appartements privés d'Eduardo. Céleste s'avançait jusqu'à la porte, la déverrouillait et entrait.

Se serrant plus étroitement contre Damiàn, Mia porta la main à sa bouche, redoutant ce qu'ils risquaient de découvrir ensuite. L'horodateur tournait en bas de l'écran.

Mia ne put retenir un gémissement horrifié, lorsqu'ils virent Céleste ressortir, une liasse de documents sous le bras.

Damiàn réussit à faire fonctionner le zoom du téléphone. Il suffit à Mia de l'entendre retenir son souffle pour comprendre que ce qu'ils voyaient sur l'écran était le testament. La touche finale de cruauté fut apportée par les dernières images. Les documents toujours glissés sous son bras, Céleste entrait dans le grand salon, pour ressortir sans rien, quelques minutes plus tard.

Cette pièce était l'une des moins meublées de la villa.

Ils l'avaient inspectée le matin même, en vain. Sauf que la cheminée monumentale était toujours allumée en hiver. Eduardo était mort en février.

Damiàn respirait avec peine. Autour de lui, le couloir tournait en une folle farandole. Il sentit la nausée monter dans sa gorge.

Clignant des paupières à plusieurs reprises, il se repassa les accablantes séquences. Tout contre lui, il sentait Mia trembler de tous ses membres.

— Qu'est-ce qu'il se passe ?

Levant les yeux, Damiàn vit son frère, cheveux et smoking trempés, qui le fixait. Chose qui n'était pas arrivée depuis dix longues années.

Sans un mot, Damiàn tendit le téléphone à Emiliano. Haussant un sourcil interrogateur, ce dernier prit l'appareil.

— Tu ferais mieux de t'asseoir, marmonna Damiàn.

S'adossant au mur, Emiliano se laissa doucement glisser jusqu'au sol. Puis, il cliqua sur le téléphone.

Dans le couloir, on n'entendait rien d'autre que la respiration lourde des deux frères et les sanglots étouffés de Mia. Pourquoi, diable, pleurait-elle ? s'interrogea Damiàn. Cette histoire ne la concernait pas. Elle n'était là que parce qu'il la payait.

Quelques instants plus tard, Emiliano posa le téléphone par terre et se prit la tête entre les mains.

— Tu étais au courant ? interrogea Damiàn dans leur langue maternelle.

Son frère leva vers lui un visage hagard.

— Non ! Bien sûr que non ! s'exclama-t-il.

— J'aimerais te croire, rétorqua Damiàn.

Une expression mauvaise déforma les traits harmonieux d'Emiliano.

— Tu ne comprends pas que c'est *elle*, seulement *elle*, qui a manigancé tout ça, gémit-il.

— Elle l'a fait pour toi !

Laissant échapper une bordée de jurons, Emiliano se mit debout d'un bond et lança son poing contre le mur.

— Ah, non ! cracha-t-il. N'essaye pas de me faire porter le chapeau. Si elle a pensé agir dans l'intérêt de quelqu'un, c'est le sien propre.

— Céleste t'a toujours aimé davantage que moi.

— Tu appelles ça de l'amour ? C'est de la manipulation ! Ce n'est qu'une garce narcissique. En me manifestant une prétendue affection, elle se faisait passer pour une bonne mère. C'était plus facile avec moi, le pauvre orphelin de père. Maintenant, si tu crois que j'ai quelque chose à voir avec *tout ça*, tu te trompes lourdement. Je n'en ai rien à fiche de tes satanées affaires, et de ton satané argent !

— Sans mon argent, tu aurais bien du mal à mener ta vie de play-boy !

— Ça suffit, vous deux !

L'exclamation de Mia fit se figer les deux hommes. Après un dernier regard venimeux en direction de son frère, Damiàn se tourna vers elle.

Mia n'avait pas compris un traître mot de l'altercation, mais il n'était pas nécessaire de parler espagnol pour savoir que le fiel qui se déversait de l'un à l'autre risquait fort de conduire à un échange de coups.

Son cœur saignait pour Damiàn. Comme elle aurait voulu être en mesure de souffler à son oreille quelque parole magique qui aurait pansé ses plaies.

N'était-il pas confronté à ce que l'on pouvait imaginer de plus atroce en matière de trahison ? La femme qui l'avait porté dans ses flancs s'était employée à le détruire sans pitié. Quant à ce verre que Céleste avait apporté à Eduardo, n'était-on pas en droit de se demander ce qu'il contenait vraiment ?

De nouveau, les deux frères se faisaient face. Néanmoins, la rage qui les avait opposés semblait s'être atténuée. Damiàn finit par hausser les épaules et se tourner vers elle.

Le froid qui habitait Mia s'accentua lorsqu'elle vit le regard qu'il posait sur elle.

— Va m'attendre dans notre suite, dit-il d'un ton sans appel.

— Qu'est-ce que tu vas faire ? murmura-t-elle.

Elle ne le savait que trop bien. Regardant les deux frères s'éloigner vers l'escalier, Mia sentit son cœur se briser derechef. S'ils étaient enfin réunis, c'était dans les circonstances les plus terrifiantes qui soient.

Damiàn entra dans la salle où sa mère exposait ses collections et appuya sur l'interrupteur allumant le grand lustre. Emiliano le suivit en claquant des mains

— Tout le monde dehors ! cria-t-il.

Autour de Céleste, assise dans un fauteuil monumental, tous les membres de la petite troupe d'adorateurs serviles clignèrent des yeux sous la lumière vive.

Elle bondit du fauteuil en glapissant :

— Que se passe-t-il ?

Damiàn croisa les bras sur sa poitrine.

— Débarrasse-nous de tout ce monde, siffla-t-il. Ou c'est moi qui les jette dehors.

La pièce se vida en un éclair. Damiàn se moquait éperdument que tous ces gens aillent colporter qu'un affrontement s'annonçait entre mère et fils.

Il ne se souciait que d'une chose : la vérité.

D'un geste brusque, il fourra le téléphone entre les mains de Céleste.

— Regarde ça ! aboya-t-il.

Retrouvant tout son aplomb, elle regagna son fauteuil et visionna les enregistrements sans l'ombre d'une émotion.

— J'attends tes explications, déclara Damiàn lorsqu'elle eut fini.

Les yeux d'obsidienne se vrillèrent aux siens. Ils n'exprimaient que le plus parfait mépris.

— Je n'ai pas de comptes à te rendre, fit-elle.

— Alors, tu en auras peut-être à rendre à la police.Céleste eut l'audace d'éclater de rire.

— La police ? s'exclama-t-elle. Pour quel motif ?

Ce fut Emiliano qui attaqua.

— Pour avoir tué notre père ! On te voit lui apporter un verre et ressortir les mains vides. Dans la mesure où tu n'as jamais servi ne serait-ce qu'un verre d'eau à qui que ce soit de toute ta vie, c'est déjà suspect. Mais trente minutes plus tard, il meurt. C'est accablant !

Les yeux lançant des éclairs, Céleste croisa négligemment les jambes.

— Votre père était un vieil homme, dit-elle. Et vous n'avez aucune preuve. Vous perdez la tête, mes enfants !

— Tu as détruit son testament ainsi que les documents me donnant le contrôle du Groupe Delgado, déclara Damiàn.

— Pour cela non plus, tu n'as aucune preuve, *mijito*, objecta Céleste. Tout ce que montrent les vidéos, c'est que j'ai emporté les documents des appartements d'Eduardo.

— Eh bien, où sont-ils ? Il te suffit de les produire.

Les lèvres minces de Céleste ne formaient plus qu'une ligne décolorée.

— Tu les as brûlés ! accusa Emiliano.

— Nous savons tous que c'est vrai, insista Damiàn. Père ne t'a jamais accordé le pouvoir dont tu rêvais. Si c'était moi qui reprenais les affaires familiales, tu perdais ton peu d'influence. Brûler les documents garantissait qu'Emiliano hérite. Or, tu n'ignores pas qu'il ne veut pas de cette charge, et qu'il me déteste trop pour me garder à la tête du conseil d'administration. Par conséquent, il te passerait la main, selon toute logique.

Impassible mais les traits tirés, Céleste se leva.

— Je suis désolée, mais j'ai assez entendu de stupidités pour ce soir. Mes invités m'attendent. Allez donc boire un verre, tous les deux, pour oublier toutes ces fantasmagories.

— Tu es un *monstre* ! rugit Emiliano.

Il vint se planter sous le nez de sa mère et répéta :

— Un *monstre* ! Tu nous as montés l'un contre l'autre depuis notre petite enfance. Tout ça, pour mieux nous contrôler. Mais c'est terminé, tu m'entends ! Si c'est moi qui hérite, tu n'as pas fini de t'en mordre les doigts. Je renonce à tout au profit de Damiàn et je fais ce qu'il faut pour que tu ne jouisses même pas de la part qui devrait te revenir sur la fortune d'Eduardo. Tu n'auras *rien* !Céleste blêmit.

— *Mijito*…, souffla-t-elle.

Emiliano ouvrit la porte à la volée.

— Va donc rôtir en enfer ! souffla-t-il.

Décomposée, Céleste se tourna vers son plus jeune fils. Mais, avant même qu'elle n'ouvre la bouche, Damiàn siffla entre ses dents :

— N'attends rien de moi. Tu n'existes plus à mes yeux.

14.

Tendant l'oreille dans l'espoir d'entendre des pas dans le couloir, Mia arpentait nerveusement la chambre de Damiàn, morte d'inquiétude à l'idée de ce qui pouvait bien se passer au rez-de-chaussée.

Pourvu que Céleste ait été en mesure de fournir des explications cohérentes ! Pourvu qu'elle ait restitué à Damiàn le testament de son père ! Pourvu que les deux frères n'aient pas l'horrible confirmation que leur mère était un monstre !

Mia était tellement oppressée qu'elle sortit respirer sur le balcon, à temps pour voir un hélicoptère s'envoler de l'héliport de la villa. Dans le jardin, les guirlandes lumineuses s'étaient éteintes. Que se passait-il ? Les invités étaient-ils en train de quitter la fête ?

Elle reprit ses allées et venues dans la chambre, jusqu'au moment où des pas lourds se rapprochèrent. Sans attendre davantage, elle se précipita pour ouvrir la porte à la volée, puis se jeta contre Damiàn, l'entourant de ses bras.

— J'étais morte d'angoisse, dit-elle. Ça va ?

Aussitôt elle se reprocha la stupidité de sa question. Comment Damiàn pourrait-il répondre à cela ? Il demeurait figé, muet, et tout ce que Mia entendait, c'étaient les battements sourds de son cœur sous son oreille.

Dénouant les bras, elle s'écarta et leva les yeux. Mâchoires crispées, Damiàn gardait le regard obstinément fixé au-dessus d'elle.

— Que s'est-il passé ? murmura-t-elle, le prenant aux épaules.

Lentement, les grandes mains couvrirent les siennes. Elles s'y attardèrent un instant, avant qu'il ne les repousse d'un geste brusque. Il demeurait de marbre.

— Il faut que tu partes, dit-il d'une voix blanche. Des amis t'attendent pour te ramener à Londres dans leur jet privé. Je ferai suivre tes vêtements. Prends ton passeport et va-t'en.

Médusée, Mia se demanda si elle avait bien entendu. Elle déglutit, ne sachant comment réagir.

— Tu…, tu ne veux pas m'expliquer ce qu'il s'est passé ? bredouilla-t-elle. Tu m'appelleras, au moins ?

Damiàn la fixa. Son regard glacé la fit frissonner.

— Pour quoi faire ? lança-t-il.

— Mais…, mais parce que je me fais du souci pour toi.

— Je ne te paye pas pour te faire du souci, mais pour accomplir un travail. Ta tâche est terminée, tu peux partir.

— Tu sais très bien que tu comptes davantage pour moi que ce travail.

— Vraiment ? Si tu attends une prime pour les services supplémentaires que tu as fournis, je l'ajouterai à ce que je te dois encore.

Comme s'il l'avait souffletée, Mia grimaça.

— Tu ne penses pas ce que tu dis ? murmura-t-elle.

— C'est là que tu te trompes, répondit Damiàn. Ne va pas imaginer que partager mon lit signifie que tu me connais. Ni que je te dois autre chose que de l'argent.

— Arrête, s'il te plaît ! supplia Mia. Je sais combien tu souffres, mais laisse-moi t'aider…

Dans le brouillard qui emplissait l'esprit de Damiàn, la voix de Mia avait le même effet que si elle raclait ses ongles sur un tableau noir.

— Qu'est-ce que tu ne comprends pas quand je te demande de *partir* ? siffla-t-il. Je n'ai pas besoin de ton aide ! Je n'attends plus rien de toi. Tu ne comptes pas à mes yeux.

— Eh bien, tu comptes pour *moi*.

Damiàn était encore dévoré par les flammes de la trahison de sa mère. Et voilà que Mia le regardait comme si elle éprouvait véritablement de la compassion pour lui, alors qu'elle n'avait jamais fait que jouer une comédie pour laquelle il la rémunérait. Dire qu'il avait été assez stupide pour croire à l'affection qu'elle lui manifestait…

— Je sais exactement ce que je représente pour toi, dit-il. Une vache à lait. Tu me vois à terre et tu imagines que tu vas en tirer profit. Je ne suis pas dupe !

Damiàn vit les yeux de Mia s'emplir de larmes, mais il s'en moquait bien. Elle était aussi bonne actrice que Céleste. Et encore, celle-ci avait eu l'honnêteté de ne jamais cacher ses véritables sentiments pour lui.

Il avait failli se faire avoir par Mia, par la manière dont elle se confiait à lui, la façon dont elle lui faisait croire qu'il était l'homme qu'elle attendait…

Et il avait été à deux doigts de la croire ! À deux doigts de tomber amoureux.

Étouffant en lui toute émotion, il s'efforça de mettre dans sa voix autant de froideur que possible.

— Puisque tu as besoin de satisfaire ta curiosité, dit-il, voilà ce qui s'est passé. Céleste ne reconnaît pas avoir tué mon père, mais toutes les apparences sont contre elle. De plus, il était essentiel pour elle que ce soit Emiliano qui hérite. Elle sait qu'il ne comprend rien aux affaires et que cela ne l'intéresse pas. Il lui aurait passé la main, et c'est elle qui aurait géré le groupe. Tu avais raison en supposant qu'elle nous a montés l'un contre l'autre, Emiliano et moi. Tout ce que je regrette, c'est que nous ne pourrons pas rendre justice à mon père. Il n'y a pas de preuves.

Il s'interrompit pour prendre une profonde inspiration, puis se pencha vers Mia, plongeant son regard dans le sien.

— Voilà toute la sordide vérité, reprit-il. Je suppose que tu espérais que j'aie tellement besoin d'être consolé, que je déborderais de reconnaissance envers toi et serais incapable de te laisser partir. Comme si j'allais me contenter des démonstrations hypocrites d'une actrice de second ordre ?

Trop horrifiée pour se soucier des pleurs qui coulaient abondamment sur son visage, Mia se recula.

Qui était cet étranger dont les reproches venimeux lui déchiraient le cœur ? Il n'avait rien à voir avec le Damiàn qu'elle chérissait.

— Je suis désolée pour tout le mal que t'a fait Céleste, dit-elle à travers ses larmes. Je suis surtout désolée qu'elle ait fait de toi le monstre de cynisme que tu es aujourd'hui. Sauf que cela ne te donne pas le droit de déverser toute ta bile sur *moi*, Damiàn Delgado ! Si j'ai voulu t'aider, ce n'est pas dans l'idée d'en tirer un quelconque profit. Faut-il que tu n'aies rien compris pour ne pas avoir conscience que je me moque de l'argent ! Simplement, je suis incapable de voir souffrir quelqu'un que j'aime sans lui tendre la main.

Les lèvres qui l'avaient embrassée avec tant de passion, s'incurvèrent en une mimique cruelle.

— Mais bien sûr ! grimaça Damiàn. J'oubliais que tu es une véritable sainte, prête à te sacrifier pour tout le monde. Qu'envisageais-tu ? De te mettre à mon service pour profiter encore un peu des avantages qu'il y a à coucher avec moi ?

— C'est faux ! Et c'est injuste ! Je n'ai jamais joué la comédie avec toi. Je n'ai jamais été que moi-même !

— Comment le saurais-je ? Tu es une excellente actrice. Aussi douée que Céleste.

Mia eut l'impression d'avoir été giflée.

— Tu *oses* me comparer à elle ? fit-elle d'une voix blanche.

Au bord de la nausée, Mia alla chercher son passeport dans le tiroir où elle l'avait rangé. Ses jambes menaçaient de céder sous elle, et il lui fallut se cramponner au bureau. Puis elle se tourna de nouveau vers Damiàn.

— Je savais que notre relation ne durerait pas, reprit-elle. Nos vies sont trop diamétralement opposées. Mais j'avais fini par croire qu'il existait un lien particulier entre nous. J'ai supposé que nous pourrions rester bons amis.

— Alors, c'est que tu es aussi stupide que moi !

Essuyant ses larmes d'un revers de main, Mia songea qu'elle aurait tant voulu n'éprouver rien d'autre que de la haine envers Damiàn.

— Tu es persuadé ne pas mériter d'être aimé, dit-elle d'une voix lasse. Et tu repousses tous ceux qui t'approchent de trop près parce que tu as peur qu'ils ne te fassent souffrir, comme l'a fait ta mère. Mais si tu continues comme cela, Damiàn, tu finiras tragiquement seul.

Détournant la tête, Mia se dirigea vers la porte en espérant que ses jambes ne fléchissent pas avant qu'elle ne l'atteigne.

Puis elle sortit de la vie de Damiàn Delgado.

Damiàn se leva en chancelant et faillit trébucher sur l'un des chiens de son frère. Il n'était guère étonnant que la station debout lui soit difficile, car Emiliano et lui avaient partagé plus d'une bouteille de scotch entre la fin de matinée et le milieu d'après-midi. Les deux frères s'étaient claquemurés dans le bureau de leur père pour boire à sa mémoire.

Céleste avait pris la fuite. Ce qui était passablement stupide, vu que la seule des innombrables demeures de la famille Delgado à être à son nom était précisément la villa de Monte Cleure. Tout le reste était au nom de leur père. Par conséquent, elle serait bien obligée de revenir un jour ou l'autre dans la principauté. Pour se rendre compte qu'elle y était attendue par un mandat d'arrêt. Damiàn et Emiliano ne se faisaient aucune illusion quant à sa possible condamnation, mais tous deux se réjouissaient à l'avance de cette humiliation infligée à leur mère.

— Je vais chercher quelque chose à manger, annonça Damiàn entre deux hoquets.

Emiliano hocha la tête.

— Bonne idée ! fit-il. Tu devrais dire à ta copine de se joindre à nous. Ça fait longtemps que vous êtes ensemble ?

— Je l'ai renvoyée chez elle. Et nous n'avons jamais été ensemble.

— Ah bon ? Pourtant, vous aviez l'air très amoureux.

Emiliano prit la bouteille de scotch et but au goulot. Il ouvrit des yeux ronds quand Damiàn déclara :

— C'était de la comédie. Je la payais pour se faire passer pour ma compagne. J'avais besoin de quelqu'un pour m'aider à fouiller la maison.

— Et tu la revois quand ?

— Jamais ! Je l'ai *virée*, je te dis.

— Alors, c'est que tu es le dernier des idiots. Je t'observe depuis des années et je ne t'avais jamais vu aussi heureux qu'avec elle.

— C'était du ci-né-ma. Moi aussi, je faisais semblant.

— Ben voyons, Pinocchio !

Fronçant les sourcils, Damiàn se rappela qu'il lui était arrivé de traiter Mia de Pinocchio. À quelle occasion, déjà ? Son cerveau embrumé ne retrouvait pas le souvenir. D'ailleurs, c'était mieux comme cela. Surtout, ne pas se souvenir ! Oublier jusqu'à l'existence de Mia…

Et surtout repousser aussi loin que possible, dans sa mémoire, toutes les choses affreuses qu'il lui avait dites en la mettant dehors. Sinon, il avait peur de…

De quoi avait-il peur, au fait ? Damiàn n'aurait su dire. Tout ce qu'il savait, c'était qu'il avait intérêt à effacer de son esprit toutes les images de Mia.

— Tu viens déjeuner avec nous ?

Clignant des paupières, Mia vit Tanya qui lui faisait signe depuis la sortie des artistes.

— Non, répondit-elle, je n'ai pas faim. Une autre fois.

— D'accord. À la prochaine !

La prochaine audition. Mia feuilleta la revue où étaient

répertoriés tous les rôles que cherchaient à pourvoir les compagnies théâtrales du pays.

Elle se demanda si Damiàn n'avait pas raison en lui conseillant d'aller parler à Amy et leur mère. C'était ridicule de se cantonner uniquement à des petites troupes, de peur d'être exposée à une publicité risquant de ramener au grand jour les épisodes de leur passé tourmenté.

D'ailleurs, n'avait-elle pas déjà pris le risque de cette exposition médiatique en *jouant* la compagne de Damiàn Delgado ?

Oh ! quand donc allait-elle se le sortir de la tête ? se morigéna-t-elle *in petto.*

Cela faisait neuf jours qu'elle n'avait aucune nouvelle de lui. Elle avait été souvent à deux doigts de l'appeler. La presse regorgeait des retombées du scandale affectant la famille Delgado. Certains articles évoquaient même la possibilité que le décès d'Eduardo Delgado ne soit pas dû à des causes naturelles.

Connaissant la pudeur de Damiàn, Mia se doutait du drame que cette exposition publique devait représenter pour lui. Elle mourait d'envie de l'assurer de son soutien.

Sauf que Damiàn n'avait pas besoin d'elle. Il n'avait besoin de personne.

Et Mia se sentait épouvantablement vide. Bien qu'elle ne laisse rien paraître au dehors, elle accomplissait les gestes de la vie quotidienne en automate. Elle s'était même aventurée à sortir avec des amis, la veille au soir, mais n'en avait retiré aucun plaisir.

Quand donc allait-elle passer à autre chose ? Admettre que Damiàn n'existait plus pour elle ? Sa raison avait beau le lui répéter, son cœur continuait à saigner. Si seulement elle parvenait à le détester ! Ce serait peut-être plus facile.

Elle était tellement perdue dans ses pensées qu'elle fut surprise lorsque le directeur de casting vint se planter devant elle pour lui demander si tout allait bien. Les auditions étaient terminées, et le théâtre allait fermer.

Lorsque Mia émergea à la lumière du jour, ce fut pour être éblouie par les flashs des paparazzis.

Cela faisait un bien fou de se retrouver chez soi. Depuis combien de temps Damiàn n'était-il pas resté plus d'une semaine dans sa maison de Buenos Aires ?

Il alla se servir un scotch. Le premier verre d'alcool auquel il se risquait depuis la cuite mémorable partagée avec Emiliano. L'un comme l'autre avait mis plusieurs jours à s'en remettre. Cependant, cela leur avait paru un épisode indispensable, après toutes ces années passées à s'ignorer, quand ce n'était pas se haïr.Le délai des six mois faisant suite à la mort de leur père écoulé, Emiliano avait hérité. Pour aussitôt transférer à Damiàn la propriété du groupe. L'accord entre les deux frères avait été conclu sans problème. Emiliano gardait les biens personnels de leur père, Damiàn tout ce qui relevait des affaires familiales.

Pour la première fois de sa vie, Damiàn se trouvait en situation de construire une relation véritable et solide avec son aîné. Il en était bien plus heureux qu'il ne l'aurait jamais imaginé et comprenait Mia quand elle affirmait que sa sœur passait avant tout autre chose à ses yeux.

Prenant une gorgée de scotch, Damiàn se demanda s'il allait encore longtemps être habité par le souvenir de Mia.

Le pire, c'était que son cœur se brisait à chaque fois que des images d'elle défilaient devant ses yeux. Or, comme cela lui arrivait sans cesse, il avait l'impression de vivre dans une souffrance constante. D'autant plus qu'une image récurrente était celle de son ravissant visage déformé par la douleur que lui avaient infligée les paroles impitoyables dont il l'avait abreuvée. Comment avait-il pu être aussi inhumain ?

Comment avait-il été capable de blesser aussi épouvantablement la seule personne qui l'avait vraiment soutenu ?

Il ne se pardonnerait jamais d'avoir mis fin à leur histoire d'une manière aussi odieuse – quand bien même elle était vouée à se terminer.

Tout ce qu'il pouvait espérer, c'était qu'un jour son propre cœur cesse d'être au supplice. Qu'il finisse par ne plus penser à Mia.

Et, surtout, qu'elle cesse de lui manquer aussi épouvantablement.

15.

Paumes plaquées sur les oreilles, Mia se demanda combien de temps encore la personne qui tambourinait à sa porte allait insister.

Dans une tentative de couvrir les coups de plus en plus sonores, elle alluma le téléviseur. Mais voilà que son téléphone portable vibrait, maintenant. Ce ne pouvait être sa mère, partie passer le week-end chez des amis. Quant à Amy, elle lui avait dit être de service. Serait-ce Tanya ?

Par acquit de conscience, Mia jeta un coup d'œil à l'écran. Son cœur fit un bond dans sa poitrine. Ce fut d'une main tremblante qu'elle prit l'appareil pour lire le message.

> Je sais que tu es chez toi. Laisse-moi entrer. Je ne te dérangerai que quelques minutes. D.

Il lui fallut plusieurs secondes avant que la tête ne cesse de lui tourner. Chancelante, elle gagna la porte, pieds nus.

Lorsqu'elle vissa un œil au judas, elle crut défaillir. Un instant, elle posa le front contre le montant de bois, puis respira profondément à plusieurs reprises.

La voix grave de Damiàn lui parvint à travers la porte, la faisant vibrer jusqu'au tréfonds de son être.

— Je t'en prie, Mia. Il faut que je te parle. Je ne resterai pas longtemps. Laisse-moi te dire ce que j'ai sur le cœur.

Prenant une autre inspiration, Mia se résolut à ouvrir.

Pendant d'interminables secondes, Damiàn et elle restèrent face à face sans bouger, sans dire un mot.

Puis Mia parvint à émettre un seul son étranglé :

— Salut.

Elle s'effaça, afin de laisser rentrer Damiàn.

— Salut, fit-il en passant devant elle.

Les effluves qui vinrent caresser les narines de Mia avaient quelque chose de tellement familier qu'elle dut s'adosser au mur et planter les orteils dans la moquette.

Damiàn la précéda au salon. Sur la table basse s'étalaient des coupures de presse que Mia n'avait pas eu le temps de ranger.

— Qu'est-ce que c'est que ça ? questionna-t-il, sourcils froncés, en se laissant tomber sur le canapé.

Mia prit le fauteuil en face de lui.

— La presse a eu vent de notre histoire, répondit-elle. Des invités à la réception ont vendu une photo de nous deux.

Il marmonna un juron, et Mia faillit sourire. C'était tellement typique de Damiàn, cette façon qu'il avait de jurer dans sa barbe. Encore un souvenir qui lui broyait le cœur…

— Je suis désolé, dit-il. Je n'en ai rien su. J'avais donné ordre qu'on ne me transmette que les informations concernant mes affaires. Je n'avais pas envie de voir s'étaler dans les journaux nos histoires de famille.

— Ce n'est pas grave, commenta Mia. Les paparazzis ont cessé de me casser les pieds. Ils ont compris que je ne dirais rien. Mais pourquoi es-tu là, Damiàn ?

Se massant les tempes, Damiàn se fit la réflexion qu'il n'avait pas imaginé être à ce point mal à l'aise. Il était submergé par le regret épouvantable de ce qui aurait pu être et ne serait jamais.

— Je suis venu te demander pardon, fit-il.

Mia ferma les paupières.

— Ce n'était pas nécessaire, souffla-t-elle.

Prenant une inspiration, Damiàn s'efforça de rassembler ses pensées.

— Il le faut, Mia, répliqua-t-il. Je ne peux que te demander pardon pour toutes les choses horribles que je t'ai dites.

Mia rouvrit les yeux. Y voir briller des larmes ne fit qu'élargir la plaie béante dans le cœur de Damiàn.

— Je n'étais plus moi-même, reprit-il d'une voix sourde.

Que ma mère ait eu une conduite aussi monstrueuse était inconcevable.

Damiàn s'interrompit pour planter son regard dans celui de Mia. La commisération qu'il y lisait était toujours aussi grande, en dépit des souffrances qu'il lui avait infligées.

Fallait-il qu'il eût été fou pour penser que c'était de la comédie !

— J'ai beaucoup réfléchi au couple que formaient mes parents, enchaîna-t-il. Leur mariage n'était fondé que sur le pouvoir et l'argent. L'amour et les sentiments en étaient exclus. Je n'en avais pas pris conscience avant de te connaître, parce que je ne savais pas ce que c'était que l'amour. Tu m'as ouvert les yeux, Mia. Tu m'as appris que quand on aime, on n'a qu'une préoccupation : prendre soin de l'autre au quotidien. Je t'aime, Mia, et si nous étions mariés, je passerais l'essentiel de mon temps avec toi. Quitte à venir vivre à Londres. Pour toi, je serais prêt à tout.

Damiàn sentit un étrange picotement sous ses paupières. Étaient-ce des larmes qui lui montaient aux yeux ?

— Je veux que tu saches, poursuivit-il, que je te serai toujours redevable. Ce que tu m'as apporté est incommensurable. Avant toi, j'étais persuadé que la réussite n'était que matérielle. Tu m'as appris qu'aimer compte plus que tout. Pourtant, j'ai fait de toi le bouc émissaire de ma souffrance. Je ne comprenais pas pourquoi tu étais prête à m'offrir ton réconfort. À *moi* qui n'avais même pas su me faire aimer de ma propre mère.

Quelque chose de chaud et humide roula sur la joue de Damiàn. Il l'effaça d'un revers de main, avant d'ajouter :

— Comment pourrais-je jamais te remercier pour tout ce que je te dois ? Tu m'as ouvert à la vie. Et tu m'as rendu un frère.

Sur ces mots, Damiàn se leva et se dirigea vers le couloir.

— Tu t'en vas ? chuchota Mia, ouvrant des yeux ronds.

— J'ai dit ce que j'avais à dire, *mi vida*. J'avais promis de ne pas te déranger trop longtemps.

Enfonçant les poings dans ses poches, Damiàn lutta pour ne

pas prendre Mia dans ses bras, pour ne pas inhaler éperdument ce parfum qui imprégnait sa mémoire et hantait chacun de ses rêves. Mais il fallait qu'il quitte cette pièce pour se laisser aller à son désespoir loin du regard de Mia.

— Ne pars pas ! souffla-t-elle dans son dos. Est-ce que tu es sérieux quand tu dis que tu m'aimes ? Ou bien est-ce une simple hypothèse ?

Damiàn fit brusquement volte-face.

— Oh ! *mi vida* ! Bien sûr, que je t'aime. Et je t'aimerai toute ma vie.

Mia quitta son fauteuil et vint prendre le visage de Damiàn entre ses mains glacées, plaquant contre lui son corps souple. Elle vrilla au sien un regard plein de larmes. Étaient-ce des larmes de bonheur, cette fois ?

— Je t'aime aussi, mon amour, murmura-t-elle dans un pâle sourire. Je ferai en sorte que plus jamais tu ne sois privé d'amour. Sans toi, ma vie est un désert. Je veux me réveiller chaque matin à tes côtés. Je ne peux pas passer le reste de ma vie sans éprouver toutes ces choses que tu as fait naître en moi. Emmène-moi avec toi, je t'en prie !

Soudain, un tsunami d'allégresse submergea Damiàn. Écrasant ses lèvres sur celles de Mia, il la serra à l'étouffer. Et, quand elle répondit à ses baisers avec la même fièvre, il fut envahi par la plus douce des certitudes : la femme qu'il adorerait jusqu'à son dernier souffle voulait bien de lui.

Épilogue

Mia entrouvrit la porte de la salle de bains.

— Vous êtes prêt, *señor* Delgado ? fit-elle.

— *Si*, *señora* Delgado !

Elle passa la tête par l'entrebâillement.

— Tu en es sûr ?

Tapotant le lit à côté de lui, Damiàn insista :

— Arrête de me faire languir !

À peine l'eut-elle rejoint que le grand corps musculeux la plaqua au matelas.

— Alors, insista Damiàn, *dis-moi* ?

Cela faisait plusieurs mois qu'ils essayaient de concevoir un enfant, après avoir passé les deux premières années de leur mariage à profiter l'un de l'autre, et à visiter le monde.

Damiàn avait fini par installer à Londres les bureaux du Groupe Delgado. Et Mia se produisait dans l'un des plus grands théâtres londoniens. Chaque fois que l'occasion leur en était donnée, ils passaient du temps soit avec Emiliano, soit avec Amy et la mère de Mia. Elles adoraient Damiàn qui, par-dessus le marché, avait offert une maison à chacune.

Mordillant le cou de Mia – là où il savait parfaitement exacerber son désir –, Damiàn répéta :

— Dis-moi, *s'il te plaît.*

Tout à coup, Mia fut submergée par la puissance de ce qu'il se passait en elle, et ses yeux s'emplirent de larmes. Elle caressa la joue de Damiàn.

— Nous allons être parents, dit-elle dans un murmure.

Il leva la tête, dardant sur elle un regard émerveillé.

— Vraiment ? dit-il.

Mia hocha la tête en souriant avec émotion.

Avec un rire de bonheur, Damiàn alla embrasser le ventre encore trop plat pour que quelque chose soit perceptible.

— Je vais être papa, fit-il d'une voix transportée de joie.

La pluie de baisers dont il couvrit l'abdomen de Mia exprimait une telle ferveur qu'elle ne doutât point que l'être minuscule qui s'y nichait ne soit capable de la percevoir.

— Je vous aime, *señora* Delgado, souffla Damiàn.

— Moins que je ne vous aime, *señor* Delgado.

— C'est *moi* qui aime davantage.

— Non, c'est *moi* !

— Non, *moi* !

— Faux ! C'est *moi*.

Un peu plus tard, après s'être efforcés de se prouver l'un à l'autre lequel aimait le plus, ils ne purent que conclure qu'ils s'aimaient pareillement.

Amoureuse d'un roi, de Maisey Yates - N°4367
Parce qu'elle a grandi au royaume de Liri, Tinley a le sens du devoir. Pourtant, le jour où le roi Alexius de Prospero se met en tête de lui trouver un époux convenable, pour honorer une promesse faite à son père, elle est désespérée. Certes, si elle n'est pas mariée avant son vingt-troisième anniversaire, elle devra renoncer à son héritage. Mais comment pourrait-elle se résoudre à une union de convenance avec un inconnu quand, depuis toujours, elle brûle de désir pour Alexius ?

Danse avec un cheikh, de Clare Connelly- N°4368
Un vent de rébellion souffle en Johara. Pour quelques heures, elle veut tout oublier : son statut de princesse, ses responsabilités et le mariage auquel elle doit se soumettre pour assurer la paix dans la région… C'est à l'occasion d'un bal que sa vie bascule, entre les bras d'un sublime inconnu. Après la nuit torride qui les unit, Johara découvre en effet avec stupeur que son amant mystérieux n'est autre que le cheikh Amir d'Ishkana, qui voue une haine farouche à sa famille. Dès lors, Johara n'a d'autre choix que de conclure une alliance avec son ennemi et, pour cela, de le suivre dans son palais du désert…

Inoubliable promesse, de Kali Anthony - N°4369
Elle a rompu sa promesse, il ne le lui a jamais pardonné. Autrefois, Eve et Gage se sont follement aimés, malgré la haine qui opposait leurs familles respectives. Pourtant, la nuit où tous deux avaient convenu de fuir pour se marier en secret, Eve est restée. Pire, soumise à un odieux chantage de la part de son père, elle a dû rejeter l'homme de sa vie… Depuis, leurs sociétés se livrent une guerre impitoyable, nourrie par le ressentiment de Gage. Et s'il a demandé à la revoir, sept ans après leur séparation dramatique, c'est pour lui annoncer qu'il a gagné la bataille. Eve perdra tout, à moins qu'elle ne répare ce qu'elle a autrefois brisé… en l'épousant !

L'épouse de Leon Petrakis, de Dani Collins - N°4370
Une liaison passionnée, un mariage éclair – puis la rupture, inévitable. Cinq ans plus tôt, Leon Petrakis est sorti de la vie de Tanja aussi vite qu'il y était entré, lui brisant le cœur au passage. Si depuis lors son époux ne lui a donné aucune nouvelle, il débarque soudain sur l'île d'Istuval, à son grand soulagement, pour la tirer de la situation périlleuse dans laquelle elle se trouve. À présent qu'ils sont réunis, Tanja exige de Leon qu'il joue enfin auprès d'elle son rôle de mari, du moins officiellement. Car, si le côtoyer de nouveau est une perspective qui la bouleverse, c'est à ce prix seulement qu'elle pourra adopter le bébé qu'elle aime déjà plus que tout au monde…

Une dangereuse héritière, de Maya Blake - N°4371

Parce qu'il est le dernier des Fiorenti, Maceo a une responsabilité : faire prospérer l'empire familial bâti par ses aînés dans le secteur de la confiserie. Hélas, alors que Casa di Fiorenti aurait dû lui revenir exclusivement, il découvre qu'une part de la société appartient désormais à Faye Bishop, une parfaite inconnue. Quelle est cette héritière qui menace brusquement ce à quoi il a consacré toute sa vie ? Déterminé à le découvrir, Maceo la convoque dans sa villa de Capri. Or cette rencontre ne fait qu'attiser sa méfiance. Car sous les dehors innocents de la belle, il en est sûr, se cache une croqueuse de diamants…

Fiancée à un milliardaire écossais,
de Louise Fuller - N°4372

Rompre ses fiançailles avec Farlan Wilder est la décision la plus difficile que Lady Antonia ait jamais prise. Si elle a dû suivre les injonctions de sa famille, sa rupture avec le bel Écossais a laissé un grand vide en elle. Aussi, quand elle revoit Farlan après sept années de regrets et de solitude, Antonia se sent revivre. Hélas, s'il est de retour à Lamington Hall, le manoir familial, ce n'est pas pour renouer avec elle mais pour lui rappeler sa trahison. Plus encore, Farlan est là pour assouvir sa vengeance…

Rencontre au palais, de Jessica Gilmore - N°4373

Emilia retient son souffle tandis qu'elle découvre le palais royal d'Armaria. Le bal d'été qu'elle est chargée d'organiser au château restera dans les annales, c'est certain ! Aussitôt, elle se met à l'ouvrage, résolue à se montrer à la hauteur de l'événement. Lorsqu'elle rencontre un bel inconnu dans les jardins secrets, elle croit vivre un conte de fées. Se pourrait-il qu'elle ait trouvé l'amour dans ce lieu enchanteur ? Rien n'est moins sûr, car celui qui a fait chavirer son cœur n'est autre que Laurent, le souverain d'Armaria. Un homme qui lui sera à jamais inaccessible…

Ce patron si secret, de Susan Meier - N°4374

SÉRIE : *LES MILLIARDAIRES DE MANHATTAN* - 3/3

La vie de Danny Manelli ne sera plus jamais le même. Il vient de découvrir qu'il est l'un des héritiers d'un milliardaire mais surtout, qu'il a un fils de deux ans ! Parce qu'il ne connaît rien aux enfants, Danny s'empresse de recruter une nourrice, en la personne de Marnie Olsen. Si la jeune femme se révèle parfaite auprès du petit garçon, elle est bientôt source d'inquiétude pour Danny. En effet, le désir qui le pousse vers elle est aussi intense que malvenu. Et puis, il a l'impression que Marnie lui dissimule un secret…

Liaison à Saint-Pétersbourg, d'Abby Green - N°4375

SÉRIE : *LA DYNASTIE MARCHETTI* - 2/3

Un inconnu d'une beauté à couper le souffle. Sans réfléchir, Zoe saisit son appareil pour le prendre en photo. Un bien mauvais réflexe, car l'Apollon se révèle être Maks Marchetti. Un homme d'affaires qui, poursuivi depuis toujours par les paparazzis, tient à tout prix à préserver sa vie privée. Malgré leur rencontre houleuse, Zoe et Maks sont immédiatement liés par un désir intense et entament une liaison dont ils savent qu'elle sera éphémère. Seulement, à mesure que Zoe passe du temps dans les bras de son amant, à Saint-Pétersbourg ou Venise, elle sent poindre en elle des sentiments interdits…

La tentation d'une innocente, de Jackie Ashenden - N°4376

SÉRIE : *LA COURONNE D'AXIOS* - 2/2

Avec humilité, Anna pénètre dans le palais royal d'Axios, une forteresse médiévale nichée au pied des montagnes. Et dire que c'est dans ce lieu grandiose et chargé d'histoire qu'elle vivra, avant d'entrer dans les ordres ! Pour une raison qu'elle ne s'explique pas, elle a en effet été recommandée par la mère supérieure auprès du roi lui-même pour être la préceptrice de la princesse sa fille. Est-elle seulement qualifiée pour le poste ? Les doutes d'Anna grandissent encore lorsqu'elle fait la rencontre du souverain. Car Adonis Nikolaides éveille aussitôt en elle un trouble inédit, intense… et interdit.

Une exquise vengeance, de Tara Pammi - N°4377

Le plan de Riya est simple : faire croire à Nathaniel Keys qu'elle s'apprête à vendre le manoir familial pour l'obliger à revenir au domaine et faire la paix avec son père. Elle ne supporte plus de voir le vieil homme, qui l'a élevée comme sa propre fille, souffrir de l'absence de son fils unique. Ce qu'elle n'avait pas prévu, c'est que l'adolescent d'autrefois se serait mué en homme impitoyable. Un homme qui, furieux d'avoir été piégé, a pris le contrôle de l'entreprise qu'elle a créée et menace aujourd'hui de licencier tous ses employés. Malgré elle, Riya doit se rendre à l'évidence : elle est à la merci de Nathaniel. Et, à en juger par la lueur prédatrice qui brille dans son beau regard azur, elle devine qu'il entend profiter pleinement de sa vengeance…

OFFRE DÉCOUVERTE !

Vous souhaitez découvrir nos collections ? Recevez **votre 1er colis gratuit*** **ave 1 cadeau surprise !** Une fois votre colis de bienvenue reçu, si vous souhaite continuer à recevoir nos livres, cela se fera automatiquement. Vous recevrez alor vos livres inédits** en avant-première.

Vous n'avez aucune obligation d'achat et cette offre est sans engagement de durée

*1 livre offert + 1 cadeau / 2 livres offerts pour la collection Azur + 1 cadeau.
Pour la collection Intrigues : 1er colis à 17,25€ avec 2 livres + 1 cadeau.
**Les livres Ispahan, Sagas, Gentlemen et Hors-Série sont des réédités.

☛ COCHEZ la collection choisie et renvoyez cette page au
Service Lectrices Harlequin – CS 20008 – 59718 Lille Cedex 9 – France

Collections	Références	Prix colis
❑ **AZUR**	Z1ZFA6	6 livres par mois 29,99€
❑ **BLANCHE**	B1ZFA3	3 livres par mois 24,45€
❑ **LES HISTORIQUES**	H1ZFA2	2 livres par mois 17,09€
❑ **ISPAHAN**	Y1ZFA3	3 livres tous les 2 mois 23,85€
❑ **PASSIONS**	R1ZFA3	3 livres par mois 25,89€
❑ **SAGAS**	N1ZFA3	3 livres tous les 2 mois 28,86€
❑ **BLACK ROSE**	I1ZFA3	3 livres par mois 26,19€
❑ **VICTORIA**	V1ZFA3	3 livres tous les 2 mois 26,19€
❑ **GENTLEMEN**	G1ZFA2	2 livres tous les 2 mois 17,35€
❑ **HARMONY**	O1DFA3	3 livres tous les mois 20,16€
❑ **ALIÉNOR**	A1ZFA2	2 livres tous les 2 mois 17,75€
❑ **HORS-SÉRIE**	C1ZFA2	2 livres tous les 2 mois 18,25€
❑ **INTRIGUES**	T1ZFA2	2 livres tous les 2 mois 17,25€

N° d'abonnée Harlequin (si vous en avez un) ____________

Mme ❑ Mlle ❑ Nom : ____________

Prénom : ____________ Adresse : ____________

____

Code Postal : ______ Ville : ____________

Pays : ____________ Tél. : ____________

E-mail : ____________

Date de naissance : ____________

Date limite : 31 décembre 2021. Vous recevrez votre colis environ 20 jours après réception de ce bon. Offre soumise à acceptation et réservée aux personnes majeures, résidant en France métropolitaine, dans la limite des stocks disponibles. Prix susceptibles de modification en cours d'année. Vous pouvez demander à accéder à vos données personnelles, à les rectifier ou à les effacer. Il vous suffit de nous écrire en nous indiquant vos nom, prénom et adresse à : Service Lectrices Harlequin CS 20008 59718 LILLE Cedex 9. Service Lectrices disponible du lundi au vendredi de 9h à 17h : 01 45 82 47 47.

Harlequin® est une marque déposée du groupe HarperCollins France – 83/85, Bd Vincent Auriol – 75646 Paris cedex 13. SA au capital de 3 120 000€ – R.C. Paris. Siret 31867159100069/APE5811Z.

Gusto

DEUTSCHLAND

2024